薛忆沩 ◎ 著

以文学的名义

华东师范大学出版社

图书在版编目(CIP)数据

以文学的名义/薛忆沩著.—上海:华东师范大学出版社,2018
ISBN 978-7-5675-7659-9

Ⅰ.①以… Ⅱ.①薛… Ⅲ.①随笔-作品集-中国-当代 Ⅳ.①I267.1

中国版本图书馆CIP数据核字(2018)第079744号

以文学的名义

著　　者	薛忆沩
责任编辑	朱华华
责任校对	王丽平
装帧设计	卢晓红

出版发行	华东师范大学出版社
社　　址	上海市中山北路3663号　邮编 200062
网　　址	www.ecnupress.com.cn
电　　话	021-60821666　行政传真 021-62572105
客服电话	021-62865537　门市(邮购)电话 021-62869887
地　　址	上海市中山北路3663号华东师范大学校内先锋路口
网　　店	http://hdsdcbs.tmall.com
印 刷 者	上海中华商务联合印刷有限公司
开　　本	787×1092　32开
印　　张	7.5
字　　数	146千字
版　　次	2018年6月第1版
印　　次	2018年6月第1次
书　　号	ISBN 978-7-5675-7659-9/I·1884
定　　价	42.00元

出 版 人　王 焰

(如发现本版图书有印订质量问题,请寄回本社客服中心调换或电话021-62865537联系)

目录

序一 / 001
序二 / 001

在"文学的祖国"里执着生根 / 001
文学的宿命与革命 / 037
永不磨损的乡愁 / 055
捍卫阅读的尊严 / 067
用"精神胜利法"支撑理智和脊椎 / 075
走向世界的"深圳人" / 086
"最神圣的事业" / 098
迷宫里的文学、历史和哲学:重读《遗弃》/ 111
深圳与世界之间的桥梁 / 128
引人注目的文学奇观 / 143
"童话"和"神话" / 156
前所未有的机会和挑战 / 167
全球化时代的"真"与"爱" / 176
隐居在皇家山下的中国文学秘密 / 184

只有虔敬的文学能够带来的神奇 / 200

不要让现实的喧嚣掩盖了文学的精华 / 206

与"非凡的鉴赏力"结缘 / 211

"衣锦还乡"的《深圳人》/ 216

中国文学的节日 / 225

序一

去年大年三十那一天,我完成了这部作品最初那个版本的整理。它的正文部分结束于《隐居在皇家山下的中国文学秘密》。在随后的大半年时间里,我一直在争取它的出版,却也一直都没有结果。接近年底的时候,我完全清楚了其中的原因。而从新加入到正文最后部分的那五篇作品,读者也应该马上就会清楚这"没有结果"的结果完全是出于神奇的天意。

对我来说,2017年是神奇的一年。首先,三部不同作品的三个不同语种译本的同时问世,加上之前出版的《深圳人》英译本的持续升温,为"'异类'的文学之路"打开了国际的通道。同时,围绕着《白求恩的孩子们》的英译本和《深圳人》的法译本展开的那一系列"超验现象"又为认识生命和文学提供了特别的角度。这部作品没有在2017年出版就是因为它在等待着那神奇年份的全部的神奇。

同时,它也在等待着2017年的过去。因为接下来的一年是我文学道路上一个有特殊意义的年份。1988年8月,我的中篇处女作在《作家》杂志上"头条"发表,这是我正式进入中国文学景区的标志。整整三十年过去了……能够在如此特殊的年份出版这部关于文学和人生的作品也同样应该是"成事在天"的例证。

12月中旬,蒙特利尔的严寒提前到来。这让我充满了担心。我担心自己已经坚持了20年的迎新仪式会被"不可抗拒力"中断。我担心新的一年会因为这中断而错失机运。奇迹再次出现:元旦清晨的气温尽管仍然低于零下30摄氏度,却并没有如我担心的那样刮起凛冽的寒风或者降下狂乱的雪暴。我相信这同样是出于天意。于是我像往年一样在黎明前的黑暗中起步。最后,我带着满身的冰碴跑完了11公里的距离,跑进了2018年的晨曦。

15个小时之后,责任编辑确认这部作品出版条件的邮件出现在我的邮箱里。这消息正式拉开了2018年的序幕。

薛忆沩

2018年1月13日

序二

2015年6月,第一部《薛忆沩对话薛忆沩》还没有上市,这"续集"中的第一篇就已经随《作家》杂志第七期里的其他作品一起下厂了。这种时间上的重叠让我马上就想到关于"'异类'的文学之路"的对话还将继续下去。但是,我当时绝对不可能想到它会以这样的速度继续。仅仅经过不到两年的时间,这种对话又积累到了需要再次结集的规模。

可以从不同的角度来解释这种积累的速度。我倾向于将它与自己这四年来在创作上的丰收和在市场上的拓展联系起来。前者当然是"勤奋"的结果,后者不妨视为是"运气"的见证。

2016年12月初从国内做活动回来不久,我就开始整理过去两年的访谈。我原以为用一个星期左右的时间就能够完成这项工作,因为其中多数都是"名篇",又获得过不少读者的好评,也曾经被不少的网站转发,质量应该有基本的保证。没有想到刚进入第一篇的第一问,我的不满情绪就已经冒头。继续下去,不满情绪更是急剧膨胀。就这样,我又一次被推进"重写"的狂热之中。结果用了一个多月的时间,到农历年三十那一天才完成全部的整理。

高强度的工作状态经常遭受疲惫和厌倦的伏击。这时候,上个世纪八十年代初那个躺在北京航空学院学生三宿舍116房靠窗边东侧高铺上的年轻人就会出现在我的脑海里。他经常会在深夜里惊醒。他经常会与自己对话。那是他与自己最近的时刻。那也是他与未来最近的时刻。他已经知道他必将离经叛道,走"从没有人走过的路"。他已经知道那意味着他将要穿过很长很长的黑暗,将要面对很多很多的羞辱,将要忍受很深很深的孤独……有一次,他甚至看到了那条路的尽头:他僵硬地躺在那里,躺在路人冷漠的目光中。突然,一个蒙面人走过来,从背包里取出一本本的书。放下最后一本书的时候,蒙面人用略带挖苦的口气说:"这就是你的'一生'。"

现在,那一生应该是已经过去一大半了。可是,我写出的作品还没有达到那个蒙面人从背包里取出的书的三分之一。我想这就是我将自己这部访谈作品的续集整理成书的意义。我在鼓励自己不要松懈,我在鼓励自己继续努力,我在鼓励自己写出更多的作品,我在鼓励自己写出更好的作品。

薛忆沩

2017年2月2日于蒙特利尔

在"文学的祖国"里执着生根

弃理从文 开启"迷人"的文学之路

北京航空学院(北京航空航天大学的前身)是国内知名的高校,更为许多男生所向往,计算机在当时也是新锐又热门的专业,为什么你本科毕业之后没有在所学的理工方向深造,而是转向文学创作,后来还攻读英美文学的硕士学位和语言学的博士学位?促使你弃理从文,最终走向文学之路的契机是什么?或者说,是什么触动了你年轻的心灵,驱使你下决心转向文学的呢?

促使我走向文学之路的契机应该是中国大陆始于1978年底的思想解放运动。它的大背景是"文化大革命"的结束,而它的"主旋律"是以存在主义为旗帜的西方哲学思潮。我的基础教育横跨整个七十年代。七十年代无疑是我个人成长期中最关键的阶段。在关于七十年代的随笔《一个年代的副本》里,我谈到了"死亡"和"语言"对我的成长造成的深刻影响。在那场思想解放运动到来的时候,我已经是一个早熟、敏感和好学的少年;我已经在博览群书和放眼世界;我已经完成了我在知识上的原始积累……1980年5月,当来自世界各地的仰慕者在巴黎街头为萨特送葬的壮观场面通过家里那台黑白电视机12英寸的屏幕投射进我心灵窗口的时候,我立刻被"精神"的魅力强烈地触动。从此,"不朽"的文学成为我生命的追求,"神圣"的写作成为我生活的意义。

当时在高中阶段要进行文理分科,你为什么没有想到要学习文科?

我一直是文理兼优的学生,而当时的中国社会又有重理轻文的强烈偏向。我几乎没有看到过一个理科成绩优秀的学生仅仅是因为喜爱而去选择学习文科。我也没有能够脱俗。现在想来,这种选择对我其实就是宿命:一方面,它延长和深化了我个体生命的困惑;另一方面,它延长和深化了我的数学训练。要知道,个体生命的困惑是我第一部长篇小说《遗弃》的心理基础,也是我全部作品的主题;而数学训练培养了我对语言和叙述逻辑特殊的敏感和美感。物理和化学同样对我有很深的帮助。物理将我引向事物的复杂性:光的波粒二象性和测不准原理等物理规律都深刻地影响了我对生命和世界的看法,而奇妙的化学反应和精致的化学结构式也为我将来的叙述设置了很高的标准。

大学二年级,你在北京航空学院图书馆的期刊阅览室里读完马尔克斯的《没有人给他写信的上校》,感动得"第一次"为文学作品流下眼泪。而三十二年以后,在这位对中国当代文学产生过非凡影响的文学大师离开人世的时刻,你对他孤独的人生和作品做出了精到而动情的解读。你的《献给孤独的挽歌》一文在2014年4月25日传遍了中国,感动了无数热爱文学的读者。发表这篇长文的媒体在编者按语中感叹说:"中国作家总算对马尔克斯有了一个交代"。现在回看自己的文学道路,你怎样评价十八岁的那次阅读对你的影响?是否可以说,是马尔克斯开启了你的文学之门?

阅读对写作者具有决定性的作用。据说福克纳当年从欧洲旅行回来的路上一直在阅读被美国法庭定为禁书的《尤利西斯》。乔伊斯的"意识流"让这位长年生活于美国南部的天才顿开茅塞。而马尔克斯本人也是在读到福克纳和卡夫卡之后才顿悟了小说的奥秘,找到了自己的写作风格。"影响"是关于写作者的一个重大问题。我的情况有点奇怪。对我影响最大的是哲学,尤其是关于存在与时间的哲学。在以前的访谈中,我多次提到过1976年(也就是十二岁那年)的夏天,我无意中在列宁的《唯物主义和经验批判主义》一书中读到了赫拉克利特的那句名言。那是我一生中与真理最宿命和最震撼的相遇。我后来多次强调:"我的写作是十二岁那一次阅读留下的伤痕。"忧郁的情绪从此再也没有离开过我。六年之后,那忧郁的情绪又被《没有人给他写信的上校》推向了更深的部位。那是我与真理的另一次宿命又震撼的相遇。就像《等待戈多》一样,那也是一部关于等待的作品,是等待得令人窒息的作品。它将读者带向什么都没有发生(或者说什么都不可能发生)的结局,带向绝对的虚无。生命和时间因此都变得毫无意义了……这就是孤独的极限。我的写作关注个体的内心世界,我的人物都在遭受着孤独的煎熬,现在想来,这一切与十八岁的那一次阅读当然也应该有很大的关系。

你的处女作是中篇小说《睡星》吗?是什么时候发表的?这篇作品在多大程度上坚定了你走上文学之路的信心?现在回头看,你如何评价这篇处女作?

"处女作"这个概念已经越来越不为人重视了,就像"处女"这种生命状态一样。《睡星》发表于1988年第8期的《作家》杂志,而且是头条。在那之前,我只在不起眼的报纸上发表过一些短小的作品。《睡星》是1986年1月写成的。在随后两年多的时间里,因为意识形态的原因,它被一家一家的杂志拒绝,有两次甚至都已经到了最后的一关,到了发稿的前夕。这种令人气馁的经历成了我随后文学道路上的"常态"。它也是我现在还经常要面对的"新常态"。是述平的信传来了我文学道路上的第一份捷报。与《作家》杂志关系密切的述平是我在大学阶段就已经结识的朋友。他也是"弃理从文"的典型。他大学阶段学的也是计算机。后来写诗、写小说,最后成了中国著名的电影编剧,是张艺谋电影《有话好好说》和多部姜文电影作品的编剧。而《睡星》的责任编辑是当时在国内非常活跃的作家洪峰。我记得述平在信中还转来洪峰的断言,说我"将来是要写大作品的"。这种来自名家又放眼未来的断言对一个刚刚有机会发表作品的写作者当然是一种很大的鼓励。

《睡星》的发表奠定了我与《作家》杂志迄今已近三十年的美满"姻缘"。最近这些年里,《作家》杂志对我的写作尤其是我的"重写"给予了极富胆识的支持。它发表了所有我希望它能发表的"重写"作品。而通过《作家》的发表,所有这些作品也都引起了中国文学界的关注,创造了一个接一个的惊喜。

现在我很少谈论《睡星》了,也没有将它收在任何一本小说集中,也肯定不会对它进行"重写"。它是我试图"遗弃"和"遗忘"的幼稚的作品。不过现在细想起来,这幼稚的作品与我后来那些成熟的作品也还是具有一定程度的家族相似:它表现的是个人的抗争和挣扎,同时它又充满了理想主义的诗意。

第一部小说集的出版对你今后的创作产生了怎样的影响?

我于 2002 年 2 月正式移居加拿大。之后有将近三年半的时间没有踏上祖国的大地。2005 年夏天第一次回国的前夕,中山大学的林岗教授建议我将已经发表的小说结集出版。当时，我在域外的生活已经基本安定下来，而我出国之后的第一部作品《通往天堂的最后那一段路程》在前一年发表之后又引起了热烈的关注。它将"薛忆沩"这个符号重新激活，带回到了中国文学的视野之中。林岗是我当年在深圳大学的同事，也是我最近这20年来交流最多最深的朋友。在《我的长跑教练》一文中，我粗略地谈论过我们的相识和相知。能够有这样一位心怀高贵的精神向往、对世事有超凡的洞悉、同时又充满人情味的朋友，当然是我文学生命的幸运。从友谊之初，林岗就对我的文学追求有强烈的认同。在他的积极推动下，我的第一部小说集《流动的房间》于2006年初出版。就像前两版（1989年版和1999年版）的《遗弃》一样，这次出版对我个人来说仍然毫无经济效益（注意，我这时候都已经超过卡夫卡去世的年纪了）。但是小说集在出版之后迅速获得了来自读者和学者的好评，为我赢得了丰厚的社会效益。这对我的"未来"产生了重大的影响。我因为"背井离乡"而模糊不清的生活方向又一次变得清晰起来了。我知道我将继续朝着汉语写作的腹地走去，不管在前面等待着我的是怎样的艰辛。

后来，在2010年前后，也就是在为《随笔》杂志和《南方周末》写作过读书专栏和在写出了《与马可·波罗同行》以及尝试着用英语写出了第一部小说之后，我对汉语的感觉出现了不可思议的飞跃。崭新的感觉让我不再以自己颇受青睐的第一部小说集为荣，反而以它为耻。这就是我固执地开始"重写"的原因。其实在一开始，我完全没有想到这个过程会如此地漫长又如此地艰巨。它持续了整整五年。它耗费了我巨大的精力。但是，我完成了。经过彻底的"重写"，加上大量新作的补充，我上演了一台将第一部小说集"一分为四"的魔术。2006年版的《流动的房间》现在已经可以宣布报废了。它经过"重写"的所有篇目现在分散在2013年由上海文艺出版社出版的《流动的房间》新版、由华东师范大学出版社出版的"深圳人"系列小说集《出租车司机》和"战争"系列小说集《首战告捷》以及今年同样是由华东师范大学出版社出版的"十二月三十一日"系列小说集中。这四部小说集风格殊异，呈现出我短篇小说创作的多样性。

独立特行　坚守"异类"的小说创作

你可以说是中国文学界最独立特行的人物：从来没有加入过作家协会，也几乎没有参与过官方组织的文学活动。在将近三十年的时间里，你的写作一直是"在野"的写作，你的文学也一直是"独立"的文学。你在文学上的追求是个人的追求、孤独的追求，也是最纯粹的追求。你的这种独特的文学状态是出于性格还是出于信仰？

我想两者都有。我生性就比较孤僻，对任何性质的集体活动都持怀疑和抵触的态度。在大学毕业的前一年,北京高校的学生有机会参加在天安门广场举行的国庆三十五周年的庆典。我们整个年级有近八十个学生,只有我一个人没有参与班主任老师所说的那"历史性的"活动。同时,我也坚信文学是个人的事业,是孤独的事业。与同行的交往和切磋如果能够直面文学,当然非常重要。但是,所有与利益密切挂钩的大集体和小圈子都很容易将文学变成生意,都非常危险。是的,在文学上,我一直保持着独立的精神和自由的意志。这种独特的文学状态当然让我受益无穷,但是它也给我带来过许多的尴尬和困难,比如在五十岁之前,在文学成就已经获得确认之后,我却还从没有得到过国内文学奖的光顾。我无疑是中国所谓著名作家中在这方面的"翘楚"。

你的"深圳人"系列小说历时十六年创作完成,后来结集为《出租车司机》出版。这个系列的开篇之作是首发于《人民文学》1997年第10期上的短篇小说《出租车司机》。你是发表了这篇作品之后才萌生出写这个系列短篇的想法,还是此前就已经有写作的计划?

"深圳人"系列小说是2005年我回国之前不久才产生的想法,与短篇小说《出租车司机》的首次发表相距将近八年的时间。我不太记得刺激我新一轮创作冲动的原因是什么,也许是因为又要回到已经分别了将近三年半的深圳？也许是因为已经在开始准备第一部小说集的出版？在准备出发的那一段时间里，我进入神奇的创作状态，在草稿纸上写下了《小贩》、《女秘书》、《同居者》和《物理老师》等四篇小说的初稿。"深圳人"系列小说的想法就这样出现了。后来在深圳接受当地报纸采访的时候，我首次公开了这个想法。但是，在随后的五年里，除了发表过《女秘书》、《同居者》和《物理老师》等三篇作品以及新写了《母亲》和《文盲》两篇的初稿之外，整个系列小说并没有更多的进展。一直到2010年在香港城市大学访问期间"重写"完《出租车司机》之后，我对完成这个系列才有了紧迫感。整个系列最后于2012年的秋天在蒙特利尔完成。

"深圳人"系列小说中的作品表现的是普通小人物的生存状态，没有大起大落的故事和惊心动魄的情节，却能够让读者看到作者对现代化进程中普通小人物命运的悲悯情怀。能不能谈谈你的艺术构思与美学追求？

个体生命的意义一直是我的文学最重要的主题，而普通小人物一直是帮助我挖掘这一主题的最佳人选。当"深圳人"系列小说的想法出现的时候，攒动在我头脑中的都是这样的小人物，比如"小贩"、比如"物理老师"、比如"女秘书"……哪怕是像"剧作家"（最开始是"小说家"）和"神童"这类有过辉煌业绩的人物也是作为已经被边缘化的小人物来处理的。历史是由权力推动的。小人物没有权力,对历史也就没有影响,但是,他们却深受历史的影响。这是小人物命运的悲剧。"现代化进程"是一种历史。它当然深刻地影响着小人物的命运。而在我看来,最值得文学关注也最考验作家能力的是那些肉眼"看不见"的影响,是那些与统计局发布的或真或假的数据没有明显关系的影响。文学对人性有自己独特的探测工具和表现手段。它的绝活是通过精准的语言、精致的结构和精细的叙述将读者带进"看不见"的世界。"深圳人"系列小说有意避开了"深圳"的地标和关于"深圳"的许多成见(包括正面和负面的成见),它力图用文学(或者说语言、结构和叙述)之"精"来发现深圳之"深"。我在写作的过程中不仅不敢在任何一个细节和转折上有任何的松弛,甚至不敢怠慢任何一个标点。我是不断挑战自己和不断挑战语言的写作者。这种挑战一旦与新的认知秩序达成和解,一种新的审美趣味就会出现。"深圳人"系列小说瞄准的就是新的审美趣味。它希望通过阅读,读者能够对文学展示的美获得新的认知,能够对文学传达的情获得新的认知。

短篇小说《出租车司机》是你最先产生全国性影响的佳作。这篇作品集中了整个"深圳人"系列小说作品的美学特征。它的叙事不动声色,却充满诗意、感人心怀。你当初是如何构思这篇作品的?是什么触发了你的创作冲动?

文学创作是一种很神奇的认知活动。文学作品的成功也经常不可理喻。有时候，一篇很费功夫的作品并不会得到与它相配的成功，相反，一篇成功的作品有时候可能却"得来全不费功夫"。短篇小说《出租车司机》属于后一类。它可以说是我在深圳的街道上"捡来"的作品。那是1997年4月的一天晚上，我从家里出来，沿深南大道往西走，想构思一篇符合《人民文学》约稿要求的短篇小说。在接近东门的时候，我看见一辆出租车在路边停下来，一对中年男女下了车。这本是再平常不过的画面，但是，我却像是遭到了电击一样：刹那间，《出租车司机》的结构、情绪和细节完整地出现在我的头脑中。我迅速跑回家，将我在文学道路上经历的最不可思议的"显灵"倾泻到一张草稿纸上。

有意思的是，《出租车司机》当年秋天在《人民文学》刊出之后并没有引起任何反响。当时一位《小说选刊》的编辑注意到它对城市生活的"诗意"的呈现，想在他们的杂志上选用，但是却遭到主编的否定：这位主编说他看不懂这篇作品。奇迹再现于三年之后：因为一次电脑操作上的失误，小说被误传给了《天涯》杂志的编辑，并且被重新刊出。这因电脑操作失误导致的刊出为我带来了意想不到的成功：小说迅速被包括《新华文摘》和《读者》在内的几乎所有的选刊（也包括三年前否定了它的《小说选刊》）选载，迅速完成了自身的"经典化"过程。在短短的三年时间，一个国家的审美趣味发生了如此巨大的变化，我至今都觉得这有点不可思议。

你的"战争"系列小说集《首战告捷》获得2014年华语文学传媒大奖"年度小说家"奖提名。其中的《首战告捷》现在也可以说是中国短篇小说中的"经典"。我在读这篇作品的同时又重读了马尔克斯的《没有人给他写信的上校》。就我的阅读感受而言,《首战告捷》引起的撼动并不亚于那部世界文学中的经典。历史与人生和战争与人性的关系是文学永恒的母题。你为什么会选择这类题材?又是怎样获得小说中那种复杂的感受的?

"历史"中充满了荒谬,而"战争"更是人类历史中最极端最恶劣的生态环境。在荒谬和极端的情境中探寻个体生命的意义(或者说无意义)是我的文学的偏好。这个偏好与我们这一代人成长的环境可能有很大的关系。在我们成长的六七十年代,中国社会的很多机构(比如学校)都是按军队的建制来组织的。在学生时代,我做过班长、排长、副连长以及全校红卫兵团的副团长。军事化还表现在其他许多方面:我们聆听、阅读和写作的语言也经常都充满了浓厚的"火药味",而我们百看不厌的八个样板戏中有六部与"战争"有关。当然,更内在的原因还是历史的荒谬和战争的极端总能够将我带进终极的问题,迎合了我个人忧郁的气质和审美趣味。比如透过《首战告捷》中"战争"的硝烟,我看到了"父子关系"的悲剧性。我一直认为,"父子关系"是人类一切权利关系的基础。《没有人给他写信的上校》也可以说是关于"父子关系"的作品。等不到政府的回信事实上就等于是失去了"父亲"的爱。绝望的上校就如同《首战告捷》中幻灭的将军一样,是深陷于荒谬的沼泽中的"孤儿"。

你的长篇小说《空巢》写的是一位八旬老人遭受电信诈骗的经历,可谓贴近中国当下的现实。读到小说的开头,我心里稍有疑虑。我想聪颖的作家不会就事论事,纠结在一个没有什么新意的电信诈骗案上。果然,"现实"只是故事的外壳或者说框架。小说的内核其实是这"现实"所从中而来的历史。请你谈谈这部长篇的构思。小说中的这位老人有生活原型吗?

2010年9月的一天,我母亲遭受了一次电信诈骗。如果没有她的这一段惨痛经历,我应该是不会在2014年初写出一部像《空巢》这样的作品的。谎称"公安人员"的诈骗者告诉我母亲,根据他们掌握的情况,她"已经卷入了犯罪集团的活动"。面对这样的刺激,我母亲首先想到的是自己一生的清白,而不是"公安人员"的真假。在骗局被揭穿之前,她也一直在过去和现实之间穿越,并且相信她与"公安人员"的密切配合最后会让她恢复名誉,让真相大白。这个细节启发我将历史的维度引入了这部作品。我的大部分作品都具有浓厚的哲学气质,都试图探寻"事"后之"因",都不是"就事论事"。《空巢》秉承了这种气质:历史的维度最后成为小说的主要维度,成为小说的内核。现实中的骗局不过是历史荒谬性的延伸和注脚。这是这部作品吸引读者的一个重要原因。

你把《空巢》的故事框架设计在一天之内,又从主人公一天遭受电信诈骗的经历引出她一生的遭遇。这种构思可能受到乔伊斯或者茨威格小说的影响。你为什么想到要如此构架这部长篇呢?

文学史上关于"一天"的作品很多。这些作品通常也都试图用"一天"来容纳"一生"。《空巢》选择"一天"的框架是因为它正好吻合了现实中事态本身的发展。我做的更细致的处理是将一天中的二十四个小时按时辰分成十二段,然后用每三段构成小说的一章。因此,小说共有四章,并且每一章正好用来表现主人公心理发展的一个阶段。而主人公"一生"的那些素材在"一天"中这十二个相等的时段里平均分配,同时又与主人公心理发展的过程相呼应。这是一种强调均衡与和谐的结构。我相信毕达哥拉斯会欣赏这种与"数"相关的结构。

黄子平教授称《空巢》是"薛忆沩的大手笔"创作出来的"一部炉火纯青的心理小说"。它是去年中国最有影响的长篇小说之一。这也是你的长篇小说第一次产生如此广泛的影响。可以说,你用这部作品向中国的读者证明了你在长篇小说创作上的能力。我想这对你有特殊的意义。

我一共创作了四部长篇小说,但是到目前为止只有两部得以在国内出版。基于这个情况,我曾经说过可以用"4 = 2"这样一个荒谬的等式来说明自己在独立特行的文学道路上遭遇的惊险和艰难。这数学的谬误却精确地反映了生活的真实。

《空巢》打破了好像一直在控制着我长篇小说创作的咒语。它在《花城》杂志上的首发、在深圳《晶报》上的连载以及在华东师范大学出版社的出版都只能用"神速"来定性。它产生的影响也超过了我的其他作品。它是一部将我的文学带向了广大普通读者的作品。

《空巢》为我的文学生涯创下了一系列的纪录,其中最让我感动的是深圳《晶报》的连载:连续四十三天,每天一个八开整版(第一天是三个整版)!这是怎样的一种规模啊。我曾经开玩笑说:"这恐怕是托尔斯泰都没有过的待遇。"

自我挑战　发动"重写"的革命

你在前面的回答中已经提到了你的"重写"。更多的作家,尤其是在成名之后,总是希望有新作不断出版,往往会把目标锁定在"下一部"新作上。是什么触动你对旧作进行"重写",发动了一场已经引起文学界关注的"重写"的革命?

在2009年前后,我突然意识到自己对汉语的感觉发生了很大或者说根本性的变化。导致这变化的原因当然很多,其中最重要的应该就是《与马可·波罗同行》的写作。在那部作品的写作过程中,我始终处于之前从没有达到过的理智与情感的巅峰。那是一种极限状态。我非常清楚,我要再往前一小步,我就会掉进疯狂的深渊。我的长跑就是那时候固定在我的生活之中的。没有高强度的体能训练,我完全不可能完成那种高难度的写作。

正是在那种极限的状态中,我清晰地发现了汉语逻辑表达的潜力,汉语呈现细节的潜力以及汉语精准地指称事物和情绪的潜力……带着对语言崭新的感觉去重读自己的旧作,包括《出租车司机》那种被评论家称为"不能再做任何增减"的作品,我很容易就发现了它们里面的许多瑕疵和疏漏。我是一个完美主义者,近乎病态的完美主义者。这种发现立刻让我产生了强烈的生理和心理反应,甚至可以说产生了很深的负疚感和犯罪感,对文学,对读者,对自己。"重写"的革命就是这样开始的。

对少量作品进行"重写"可以理解,而你对2010年之前发表过的所有旧作,包括长篇小说、短篇小说,甚至随笔作品都进行了"重写",如此彻底的革命在文学史上确乎少见。开始这样的"重写"需要多大的勇气,完成这样的"重写"又需要多大的毅力啊。很想听你进一步谈谈"重写"的情况。

前面说过,我"重写"旧作的原因是自己对汉语的感觉发生了根本性的变化。这种变化使所有那些旧作的问题在我面前暴露无遗。我对自己的文学成就因此完全感觉不对了。这种"不对"的感觉对我的身体和心理都是巨大的折磨。"重写"是我的必经之路。从严格的意义上说,它是我对自己的救治。不经过这样的自我救治,我就不可能继续前行。说实话,我一开始并没有意识到这场表面上不流血的革命会进行得如此持久又如此暴烈。整个的"重写"从2009年底开始,到今年年初基本结束,持续了五年多的时间。而整个的"重写"几乎涵盖了我在2010年(也就是46岁)之前发表的所有作品。

中篇小说《一九八九年十二月三十一日》和《一九九九年十二月三十一日》的"重写"是对整个"重写"的革命最大的考验。我之前已经有过几次尝试,都以失败告终。但是,借着《空巢》带来的巨大的"正能量",我终于在今年年初用一个半月时间攻下《流动的房间》旧版中这两座最后也是最顽固的堡垒。《一九八九年十二月三十一日》曾经于1990年12月同时发表于《花城》杂志和台湾《联合文学》杂志,是对我的文学和人生都发生过深刻影响的作品。而《一九九九年十二月三十一日》是我至今为止在国内创作完成的最后一部作品。它完成于2000年夏天,2001年1月在《收获》杂志上发表。攻下这两座堡垒标志着我"重写"的革命"虚构类"的结束。紧接着,我乘胜前进,完成了已经拖欠多年的《二零零九年十二月三十一日》的创作。三部"十二月三十一日"作品于今年春夏之交由《作家》、《天涯》和《长江文艺》三家杂志同时推出,又成了文学界和我个人文学道路上的一个特殊事件。

完成"十二月三十一日"作品之后,我马上"重写"了随笔集《文学的祖国》中一半以上的篇目。这些作品与一些新写的文章构成《文学的祖国》的新版,是今年将由北京三联书店同时出版的我的三部作品之一。而《文学的祖国》原版中与文学关系不大的另外一半以及随笔集《一个年代的副本》中的部分篇目将来要重新出版的话,也肯定是需要"重写"的。也就是说,我"重写"的革命现在其实还只是"未竟"的事业。

你"重写"的不少作品,如短篇小说《出租车司机》和《首战告捷》等,都起点甚高。《出租车司机》2000年在《天涯》杂志第五期上刊出之后,曾经被包括《新华文摘》和《读者》杂志在内的几乎所有的选刊转载;《首战告捷》也曾经被残雪称赞说"达到了博尔赫斯的水平"。你的"重写"不仅是挑战自我,也是在挑战权威。你担心过"重写"的失败吗?或者说,你担心过"重写"后的作品反而不如未经"重写"的版本吗?

我从来没有过这样的担心,因为我的"重写"都针对着文本中的具体问题,都是有的放矢的。而"重写"获得的反馈更是证明了这种担心的多余。这五年来,我所有"重写"的作品都得到了更高的评价:《出租车司机》的英文和意大利文译本依据的都是它的"重写"版;《首战告捷》当年除了被残雪等少数权威看好之外,并没有获得文学界的认同。但是,它的"重写"版去年在《作家》杂志刊出之后,马上被《新华文摘》转载,也进入了多种年度最佳短篇小说的选本。还有《一段被虚构掩盖的家史》,当年也只是获得了残雪的称赞。而它的"重写"版却引起了广泛的注意,被中国小说学会列在2014年度中国短篇小说榜的第二位。最近,它又被当成我的代表作译成德文,在《人民文学》的德文版上发表。还有,长篇小说《遗弃》的"重写"版2012年由上海文艺出版社出版后,在深圳读书月期间,被由知名学者和专家组成的评委会从全国当年出版的三十万种图书中选出,成为当年的"年度十大好书"。

你正好提到了具有传奇色彩的《遗弃》。你的这第一部长篇小说在首次出版之后八年的时间里"只有十七个读者",现在它却已经是在知识界广为人知的作品。对这样一部长篇小说的"重写",当然是对自己毅力的更大挑战。你在"重写版"的后记中说"重写"的理由是你发现这部作品的旧版"具备不错的总体素质,在细节上,它却已经远远落后于我现在的审美标准"。如何理解你的这句话?

《遗弃》最初出版于1989年的春天,好像是一个迫不及待的早产儿。它随后八年遭受的冷遇放在当时的"大环境"中去看其实一点都不奇怪。后来,它被知识界重新发现,变成了广为人知的作品。1999年,它的第一个修订本由广东人民出版社出版。前两个版本的《遗弃》已经充分表现出了这部作品的思辨性、实验性和反叛性。这些都是《遗弃》引人注目的"基本特征"。但是,随着我对汉语感觉的变化,随着我审美标准的大幅提高,对前两个版本语言上的瑕疵和细节上的粗率,我已经无法忍受了。所以在2011年初,当有出版社想要再次出版《遗弃》的时候,我首先的反应是谢绝。那时候,出书对我其实有很大的诱惑,尤其是出版《遗弃》,因为这部作品是我文学道路上最大的"羞辱"和"阴影"。我在以前的访谈中已经说过,《遗弃》第一次正式出版的费用全部是由我自己承担的,而第二次正式出版的时候,在开印的前一天,出版社突然要求我从双方都已经签好字的合同里删去了关于版税受益的条款……这一次,主动找上门来的出版社完全清楚这部作品的价值,他们给出了不错的条件。我只要在合同上签一个字,《遗弃》就能够第一次创造经济效益。但是,我没有妥协。我肯定《遗弃》是一部可以写得更好的作品。我肯定《遗弃》是一部应该写得更好的作品。我肯定《遗弃》是一部必须写得更好的作品。"我们必须等待。"我告诉不断催促我的出版社。我们必须耐心地等待我"重写"这部作品的冲动和勇气……2011年秋天,我在蒙特利尔开始了这次壮观的"重写"。它在严冬到来之前完成,历时整整三个月。的确,长篇小说的

"重写"是更大的挑战,它需要不断地"破"和不断地"立",需要不可思议的耐心和耐力。《遗弃》的"重写"让精神和身体都严重透支。

知识界评价《遗弃》是中国少有的探寻个人存在意义的"哲理小说"。何怀宏教授借用《通往天堂的最后那一段路程》称它是你"寻求永恒的最初那一段路程"。你完成《遗弃》第一版的时候年仅二十四岁。你是在一种什么样的境况中完成这部作品的?在很多人可能都还"不省人事"的年纪,你的作品中为什么会出现那么密集的哲理呢?

2011年初,当我向出版社询问重出《遗弃》到底有什么意义的时候,他们肯定地告诉我《遗弃》是"八十年代的经典"。这种说法自然让我想起一年前(2010年初)在香港城市大学图书馆里的一次奇遇。那一天,我在那里文艺批评的书架上见到一本介绍西方现当代文学名著和大师的中文书,是北京的一家出版社出的。我随手翻开那本书,注意到书的最后附有一份名为"中国现当代文学49种理想藏本"的书单。我好奇地翻到书单所在的页面,居然在作者按他自认的重要程度排列的理想藏本里看到了《遗弃》(而且它还在比较靠前的位置)。我当时就好像隐隐约约听到了命运的召唤。

《遗弃》是1988年在长沙酷热的夏天里用"深圳速度"完成

的。整部作品可以说是一种宣泄，一个年轻的思想者和写作者对现实、历史以及生命的深层焦虑的宣泄。充满精神追求的八十年代即将结束……像许多在思想解放运动中成长起来的同龄人一样，《遗弃》的主人公开始对个人的处境和世界的前景充满了焦虑。小说的题记经常被人引用："世界遗弃了我/我试图遗弃世界"。它表明《遗弃》是一部探讨"我"与"世界"之间关系的作品。"我"与"世界"的关系是文学永恒的主题，对它的专注又是我的文学最突出的特点。从这一点看，何怀宏教授的那种说法很有道理。

《遗弃》是一部直面现实的作品，这一点很容易被人忽略。八十年代中后期笼罩着中国社会的通货膨胀、环境污染、人情淡漠、弄虚作假等等气象都进入了主人公的视野，成为他哲学思考的对象。这种灰暗的现实感在八十年代的文学作品中是很罕见的；而《遗弃》又是一部预言性的作品：主人公不仅见证了现实生活中的"混乱"，还预言更大的"混乱"就是世界的前景。在"混乱"的世界里，"一切都是事故"。人格、人性以及空灵的人本身最后都会被荒诞的生存状况吞噬；最后，《遗弃》也是一部充满理想主义情怀的作品：主人公对体制的反抗、对战争的反感、对自然的向往和对写作的崇敬都是这种情怀的反映。他试图遗弃的只是"混乱"的世界。他的遗弃实际上是他探索和寻找生命意义的终极方式。

从这个意义上说，《遗弃》是一部向八十年代致敬的作品。

它的触角非常敏感也非常丰富。我至今为止的所有作品与它之间都存在着或多或少的联系,精神和物质两方面的联系。它更是直接介入了我全部的"十二月三十一日"作品。那三部中篇小说的主要人物都是《遗弃》的读者,并且都深受它的影响。

我的全部作品都带有哲学的气质,都关心事物背后的原因。用历史唯物主义的方法来看,这一点都不奇怪:我从小就对形而上的问题充满了兴趣。在《一个年代的副本》中回忆自己成长过程的时候,我强调"语言"和"死亡"从童年时代开始就已经是我的导师。前面已经说过,我十二岁那年的夏天遭受了赫拉克利特的"棒喝",十五岁那年的春天又遭受了萨特的"电击",我在不到十六岁的时候已经开始订阅《哲学译丛》和《自然辩证法》等专业的哲学杂志……我的整个文学生命可以说是被哲学启蒙的。

《遗弃》的主人公是一位"业余哲学家",同时也是一位虔诚的写作者。《遗弃》的"重写版"加上了一个副标题:"关于生活的证词",这好像是有意让它更贴近"生活"。其实,这份证词不仅是关于"生活"的,还是关于"写作"的,因为它里面包括了主人公本人创作的多篇虚构作品。以写作者为主人公的作品在中国好像还不曾有过,它是不是有自传的因素?

我现在倾向于认为,一个作家的所有作品都是自传性的。《遗弃》当然也不例外。不过,我更愿意将《遗弃》看成是八十年代热爱思考又深陷于精神困惑之中的整整一代青年的集体自传。像我一样,《遗弃》的主人公也是一位虔诚的写作者。他视写作为自己存在的理由和生命的意义。他将笛卡尔的名言改为了"我写作故我在"。我也曾经多次说过,我的这个虚构人物是远比我优秀的写作者。《遗弃》很快又会有一个更新的版本要出版。在审读这一版清样的过程中,令我感叹最深的还是主人公的写作才能。他的作品写得的确非常精致,又有厚重的寓意。可惜至今为止还没有任何一位评论家注意到过这一点啊。

语言是文学的第一要素。意蕴的深度、表达的精确、叙述的美感最终都要依赖语言来完成。你在很多场合已经表达过你对语言的精辟见解,这里我仍然要提出这个问题:你对自己作品的语言"苛求"到什么程度?

语言是写作者赖以生存的工具。我一直相信文学作品的质量首先是由写作者掌控语言的能力来决定的。我的"重写"建立在我对语言的感觉之上。用五年的时间"重写"了自己的全部作品足以表明我对自己的语言"苛求"到了何种程度。我曾经说过我的一生将是这种"苛求"的祭品。这不是一句大话,这也不是一句空话。这豪言壮语表达的其实是我对自己的担心或者焦虑。对语言的"苛求"会让人的大脑处于理智与疯狂的交界处。我经常不安地想,再过若干年,当身体的机能已经无法承受这超负荷的"苛求"的时候,我会有什么样的下场？但是,担心也罢,焦虑也罢,我知道我不会有任何的改变。这么多年了,我的许多编辑都成了我这种"苛求"的受害者。我经常在作品和书稿付印前的最后一刻还会提出修改的请求：改一句话,改一个字,甚至改一个标点。

你在《遗弃》"重写版"的后记中写道："已经持续了三年的重写让我发现了汉语和写作的许多奥秘。"如何理解这句话中的"奥秘"？

有很长一段时间,我对汉语的表现力一直没有什么信心。我曾经通过小说（如《两个人的车站》）中的人物表达过自己的这种困惑。但是,在"重写"的过程中,在与语言进行的一场一场格斗甚至肉搏中,我对汉语有了很深的认识。我发现了汉语很多的潜能,比如它平实的逻辑性和思辨性,比如它表达细腻和脆弱情感的能力,而这些都是许多人认为汉语相对薄弱甚至缺乏的。深深的困惑终于变成了深深的爱。这是双向的爱。在痴迷的"重写"过程中,我清楚地意识到自己也获得了汉语的爱。最近这三年来,我能够在写作上"高潮迭起"就是这种无价的真爱的证明。

写作是需要写作者以"生"相许的事业,因为语言深藏着"无限的可能",对它的学习、探究和呈现是不可穷尽的。也因为这"无限的可能",我一直强调写作者应该有一颗卑微的心,应该永远怀着对语言的敬畏去写作,去发现更多的奥秘。

"背井离乡"追寻文学的祖国

出国之前,你在深圳大学任教。在很多人看来,那是对一个写作者相当有利的位置:有良好的待遇,又有相对的自由,还有令人羡慕的假期。为什么后来突然会"背井离乡",移居异域呢?

2013年在接受《南方人物周刊》采访的时候,我说我当年选择出国是"为了逃避陈词滥调"。现在想来,在众多的原因里,这的确是最重要的一条。我在前面提到过《遗弃》的预言性。其实,我自己对社会生活的走向就总是有奇怪又准确的预感。我的预感一直比较悲观。所以,我生活的轨迹总是与潮流相反:九十年代初,当大家都急于"下海"的时候,我却"上岸"重新回到了高校,去学习冷门的"语言学";而在九十年代末期,当全世界的注意力都开始转向中国,中国的社会里也充满了形形色色的"海归"的时候,我却将注意力转向了别处,选择了出海,而且多年不归……我所说的"陈词滥调"有更广泛的外延,包括了集体的意识和集体的无意识。九十年代中期,"浮躁"这个词还没有流行成为中国社会的标签,我却已经预感到它将会成为中国的现实。我喜欢从小细节去感知大趋势。不知道这应该叫"以小见大"还是叫"小题大作"。那时候,我经常会利用周末从深圳坐火车回长沙。火车是五点钟左右离开深圳,也就是股市收市之后不久。还在候车室里,周围的"异口同声"就已经引起我的注意。而到了车厢里,前前后后也都是关于刚刚结束的大涨、大跌或者不涨不跌的热议。这也许并不算什么。有一次在深圳一家大医院的注射室里,我看见一位护士在为患者扎针的时候,脸部自始至终都完全背向患者的臀部:她在专注于身后两位同事关于股市"实时"行情的报道和讨论……这些所指十分明确的"危相"绷紧了我的神经,也是我选择逃离的重要原因。我一直觉得,一个健康的社会应该是多样化的社会,应该是闪烁着个性光芒的社会,应该是有清晰而丰富的精神追求的社会,应该不是物欲横流的社会,应该不是全民炒股的社会。多样化和个性化也是文学的根基和文学存在的理由。看到整个的社会都在朝着同一个方向狂奔,看到所有的人都在为同一件事情狂热,看到所有的人都像是同一个人,我当然会感觉恐惧。卡尔维诺《看不见的城市》的第四十八座城市写的就是这样的一座城市。在那里,同一副扁平的面孔(这显然是既没有思想也没有情感的行尸走肉的象征)不断繁殖、不断堆积、不断扩张,最后完全占满了全部的生存空间……在九十年代的末期,面对中国社会的许多"危相",我自己好像变成了《遗弃》的主人公,既有被世界遗弃的迷茫,也有试图遗弃世界的骚动……我二十年前的预感今天会不断得到现实的验证。不久前,我去北京广电大厦做一个关于《空巢》的读书节目。坐在那间大概有八百平方米的开放式办公室等候的时候,办公室里的年轻人突然高声谈论起当天的股市行情,个个都显得意气风发、斗志昂扬……我马上就想起了自己当年在深圳到长沙的火车上的那种感受。这么多年过去了,中国为什么还停留在同一个"空巢"之中?这种全民的狂热什么时候才能结束?

正式在蒙特利尔定居下来的时候,我已经将近三十八岁:肩负着沉重的生活责任,又没有实际的生存技能……更糟糕的是,生命里还燃烧着不可理喻的野心。这可以说是压迫着我的"三座大山"。但是,我走过来了。我走过来了。现在,我当然可以用络绎不绝的成果来证明十三年前的离开对我来说是绝对正确的人生选择。可是仔细想来,那意义深远的"逃离"并不完全是我个人的选择,里面其实还深藏着命运的安排:我远离了故土,却亲近了母语。这不可能是我个人力所能及的奇迹。这是令我敬畏的宿命。看到独立的生命之树已经在文学的祖国里执着地生根,我总是充满了对宿命的感叹。

移居国外以后,你觉得自己的创作发生了变化吗?发生了怎样的变化?

为生活所迫,我在移居以后最初的那八年时间里并不敢放纵自己写作的野心。我那八年里的大部分时间都保持着全日制学生的身份,这样既可以得到政府的资助,也可以有切实的生活目标。我首先在蒙特利尔大学学习了一年的法语,然后在那里的英语系注册学习英美文学。那一段时间里,学习和写作是一对尖锐的矛盾。我只能利用假期和两度停学的时间来满足写作的欲望。

前面说过,我在2009年前后意识到自己对汉语的感觉发生了很大的变化。这种变化首先通过我当时写的那些随笔作品反映出来:它们有清晰的结构、平稳的节奏、扎实的逻辑。句子的长度伸缩比较自如,词语的重量和色彩也比较准确。所有这些特征后来也成为我"重写"的作品和我的新作的特点。有意思的是,也就是在那个时候,我英语的写作水平也出现了神奇的飞跃。我写下的每一篇论文都会得到老师的称赞。第一年关于福克纳《押沙龙!押沙龙!》的论文得到了英语系年度研究生最优论文奖。第二年关于"白求恩档案"的论文同样获得了很高的评价,在最后一刻才失去蝉联研究生最优论文奖的机会。这应该是中国作家里面少有的人生体验吧。我从大学时代起就对认知科学尤其是与语言能力相关的现象和理论很感兴趣。但是我好像还没有读到过关于人在四十五岁左右出现的语言感觉变化的文献。我对发生在自己身上的这种生理变异也非常好奇。

你刚提到的就是你在2007年到2009年间为《南方周末》和《随笔》杂志撰写的读书专栏作品吧。那些作品大都与作家和作品有关,从中可以看出你对文学和经典的基本态度。你觉得应该如何读文学经典?文学经典对你的创作产生了哪些方面的影响?影响你最大,或者说你最为崇拜的文学大师是哪几位?

我阅读的范围很广,从来就这样,文学作品只占其中的一部分。在十一岁左右开始的第一次海量阅读期,我开始接触到一些通俗的文学经典,如《茶花女》、《约翰·克里斯朵夫》等。那时候,这些书都还是"毒草",只能通过一些特殊的渠道获得。整个中学阶段的主要兴趣都在哲学和科学方面,文学作品读得更少了。第二次海量阅读期出现在十六岁的时候,这期间阅读了大量现代派文学作品。除了法国存在主义作家之外,对我影响最大的是乔伊斯、卡夫卡和博尔赫斯。乔伊斯语言的细腻和贴切、卡夫卡对生命的洞察和表现、博尔赫斯的宿命感和叙述的缜密对我的创作都有很深的影响。大概在九十年代的中后期,也就是到深圳大学任教之后,我开始完全改用英语阅读。这期间,我开始系统地阅读莎士比亚。也就是在这时候,我通过珍藏多年的英译本阅读了《百年孤独》。我也反复读乔伊斯的《都柏林人》和《青年艺术家的肖像》,当然也读卡夫卡、卡尔维诺和博尔赫斯。后来在蒙特利尔大学英语系学习期间,我又完整地读过乔伊斯的《尤利西斯》、福克纳的《押沙龙!押沙龙!》、纳博科夫的

《洛丽塔》、托尼·莫里森的《所罗门之歌》……我认为,经典应该"精读",也就是反反复复地读,一字一句地读。我现在越来越意识到文学经典的重要了,也很想在有生之年能够系统地读完世界文学中的主要经典。但是时间总是不够啊。面对着厚重的经典,我感慨最深的就是生命的有限。最近,我终于通过伊迪丝·格拉斯曼女士杰出的英译本读完了《堂吉诃德》。这次阅读是巨大的享受,也是巨大的收获。它不仅让我对经典产生了更大的敬意,也让我对"翻译"这种认知和创作活动产生了强烈的兴趣。

从你在"为马尔克斯87岁生日之后的第41天而作"的随笔《献给孤独的挽歌》中对《百年孤独》的解读,尤其是关于这部作品"入口"的精彩阐述,可以看出你对文学经典阅读和钻研所下的功夫。而在《与马可·波罗同行》一书中,你对卡尔维诺《看不见的城市》里面的五十座城市分篇进行了细致的解读与阐说,足见你对那部经典理解之深刻、想象之丰富、推理之严密。我现在有一种感觉,我感觉你在写作准备阶段,总是在阅读(或许应该说是重读)你所钟爱的文学大师的经典作品,而一旦进入写作状态,仿佛这些文学大师或在身后注目着你,或在前方引领着你,是这样吗?

阅读经典不是为写作做准备。我以前做老师的时候就总是鼓励学生去读那些"最没有用"的书,那些不能立刻提高你的生存技能或者马上改善你的经济状况的书。经典就属于这种"最没有用"的书。它们是纯粹为了阅读而存在的。对我来说,阅读是最本质的精神享受,也是最基本的生理需要。我是一个与生俱来的书痴。在我很小的时候,我的家人就担心我读书太多,现在我已经年过半百了,他们还会有这种担心,因为我对书的痴迷一点都没有变。这是我用自己的生命确保的"五十年不变",名副其实的"五十年不变"。书籍是我"从一而终"的伴侣。阅读是我"从一而终"的满足。

阅读到底是如何影响写作的,这是一个非常复杂,也因人而异的问题。在我看来,进入写作状态就是进入了自由的王国,或者应该说是进入了"绝对自由"的王国。这时候,写作者不可能去在意他钟爱的文学大师,他要专注于自己的创作和虚构的世界。

文学大师的"注目"和"引领"存在于现实的层面。许多的文学大师在被尊为大师之前都与现实进行过不可思议的肉搏,其中的一些甚至付出了生命的代价。这些大师的"注目"和"引领"会给一个在绝望中挣扎着的写作者带来巨大的精神支持。饱经沧桑的乔伊斯本人说过,一个人想要知道什么叫世事艰难,最简单的办法就是去从事写作。这话说得很好。文学大师所经历的艰辛和磨难总是让我感同身受,现实对文学的冷漠和羞辱总是让我义愤填膺。我最近多次强调要爱护年轻的写作者,也是同样的一种反应。在这样一个物欲横流的时代,那些依然保存着幻想和理想的年轻天才是文学微弱的希望。我们的社会应该给予那些年轻天才更多的机会、更广的天空、更大的自由。

你说过语言问题是你面对的"道德问题"。如何理解这句话？为什么要联系到"道德"呢？

我这样说首先是想强调语言对一个写作者至关重要。一个写作者应该尊重语言、爱护语言、并且不断地向语言学习（注意，不是学习语言，而是向语言学习）。语言就像是服装的面料。面料对服装的品质有决定性的影响，语言也是衡量作品质量最重要的指标；我这样说也是想强调写作者对语言肩负着责任。我一直相信发掘语言的美和增强语言的力是文学作品的重要功用。也就是说，写作者有责任通过自己的创造性劳动对语言做出贡献；还有，我这样说也是想强调语言能力是可以通过后天的训练取得的。所谓"有志者事竟成"。"志"就是一种道德力量。现在年轻一代的中国作家对语言越来越重视，也越来越有感觉。这是一种好的趋势。

将语言联系到"道德"还有另一层更重要的意思。按照佩索阿的说法，语言是写作者的祖国。对语言的崇敬和热爱当然就是写作者必须接受的最本质的"道德命令"。我在《文学的祖国》一文中这样写道："语言是文学的祖国。这祖国蔑视阶级的薄利、集团的短见以及版图的局限。这是最辽阔的祖国。这是最富饶的祖国。"文学的祖国当然也是全世界所有写作者共同的家园。

人们在移居国外以后通常会去学一门有利于将来就业的专业,而你选择的是英美文学。就像你前面提到过的,这也是你的专注,你的"五十年不变"。这种选择当然让你更多地接触到了外语的原著,这对你仍在坚持的母语写作有何影响?

弗洛伊德曾经对人生抉择中的"现实法则"和"快乐法则"做出过区分。我的选择表面上看服从的是"快乐法则",因为英美文学专业教学大纲里的所有课程都能够让我产生强烈的快感。但是实际上,这种选择最后也满足了"现实原则"。前面提到我对汉语的感觉在2009年左右发生了革命性的变化。这种变化肯定与我那些年高强度地用英语阅读和写作有很大的关系。说对汉语感觉的革命性变化直接引发了我最近这五年在创作上的"爆发"应该一点都不过分。发生在我文学道路上的这种变化其实完全符合乔姆斯基的语言学理论。在乔姆斯基看来,所有语言在深层结构上都是一致的。与此相应,我相信,文学具有高度的自主性和普世性,所有经得起推敲的文学在本质上也一定是相通的。

2010年10月17日,《深圳特区报》以《中国文学最迷人的异类》为题发表了关于你的专题报道。这也是纪念深圳特区建成"三十周年"的系列报道中的一个内容。从此,中国文学界"最迷人的异类"就成了你的一个标签。这之前半年,刘再复先生也在香港《明报》上发表过阅读你的小说后的感受,称你的小说是用"金子般的文字"写成的。现在五年过去了,你如何看待这些高度的赞誉?

博尔赫斯说"荣誉是对生活的简化"。根据这种说法,我们也不妨将"赞誉"看成是对作品的一种简化。当然,如果这种简化能够将读者带往文学、带进文本,同时又能够激发作者进一步的创作热情,就还是很有意义的。从《睡星》发表之后,我就开始听到关于我的写作的种种"赞誉",后来有《遗弃》的第一版,后来有《一九八九年十二月三十一日》,后来有《出租车司机》,后来有《首战告捷》,后来有《通往天堂的最后那一段路程》……最近这五年的情况大家就比较熟悉了。"赞誉"总是让我用怀疑的目光去重新审视自己的作品。或者说,"赞誉"总是被我转化成了反省的机会。我这五年来的"重写"可以说就是在"赞誉"的鞭策之下开始和完成的。

我自己一直不能接受"异类"的标签,因为我一直觉得自己事实上是一个走在最纯粹和最正统的文学道路上的写作者。但是,那个深圳制造的标签早已经流传很广了。这五年来,每次接受采访,我都会遇到关于这个标签的问题。我估计,除非有人能够发明出另一个更噱头的标签,我"摘帽"的概率可能是零。是的,刘再复先生曾经用"狂喜"来形容他阅读我作品时的感受。他的激情和率真令我非常感动。他后来还写过一些文章,对《遗弃》也有高度的赞扬。他对《遗弃》主人公关于"饥饿感"的说法与莫言小说人物的"饥饿感"所做的比较尤其让我感觉很有意思。

我只是一个"虔诚的写作者"。任何的赞誉都不可能改变我对自己的这种看法。我的"虔诚"的背后矗立着"卑微"和"骄傲"这两个支柱。我在移居加拿大之前做过一次很长的访谈,访谈后来以《面对卑微的生命》为题在《深圳周刊》上发表。"卑微"是我的天性、我的理工科背景、我对语言的敬畏、我长期的"在野"写作状态以及十多年的移民生活经历等因素相互作用所形成的精神特质。这种精神特质凸显的是智慧,而不是软弱和退让。当现实中各种邪恶的势力以各种堂皇的名义来羞辱文学和贬抑文学的时候,我一定会"骄傲"地出击。

我骄傲自己在很小的年纪就通过阅读找到了文学的祖国。我更骄傲自己的生命之树最后能够在文学的祖国里执着地生根。我因此也充满了感激!我感激一切让我走到今天的神奇的力。我感激所有让我走到今天的普通的人。

后记:

这篇访谈首发于《作家》杂志 2015 年第 7 期。访谈最初的提纲由华中师范大学文学院江少川教授提供。

文学的宿命与革命

你写过三篇以"十二月三十一日"为题的小说。刚刚由华东师范大学出版社出版的小说集收录了其中的《一九九九年十二月三十一日》和《二〇〇九年十二月三十一日》两篇,而最早发表的《一九八九年十二月三十一日》只是作为"存目"出现,这是出于怎样的考量?

从走上文学道路的那一天开始,我就一直在进行文体上的探索。三篇以"十二月三十一日"为题的小说在形式上互相呼应,在内容上不断延伸,实际上是一个不可分割的整体。《一九八九年十二月三十一日》是最早完成的一篇。它于1990年12月由《花城》杂志和台湾《联合文学》杂志同时发表,并且引起了多方面的关注。十六年后,它又被收入我在花城出版社出版的第一部小说集(《流动的房间》旧版)之中。那一次,我将主人公的代码改为了"X"。这个改动非常重要,它为整个"十二月三十一日"系列的出现埋下了伏笔。今年4月,《一九八九年十二月三十一日》的重写版以《十二月三十一日》为题由《作家》杂志刊出,再次引起文学界的关注。将这篇作品从不可分割的整体上割裂下来当然不是我自愿的选择,当然是一个巨大的遗憾。但是,我很清楚,能够让这篇作品以"存目"的方式与整体并列其实已经是极限的效果了……"版本"问题一直是我的文学道路上的一个话题。《十二月三十一日》一出版就是残本,这自然又留下了一个"版本"之谜。当然,这也许并不是坏事。许多年后,这个残本也许可以作为我们这个时代文学生态的一个见证。

你从 2010 年开始发动"重写的革命",《十二月三十一日》是你长达五年、规模庞大的重写革命中最后的一场恶战。对你而言,重写是纯粹完美主义的冲动,还是对母题的再度诠释和挖掘?

在现存于《十二月三十一日》的两篇作品中,《一九九九年十二月三十一日》是重写之作。这篇小说的原版创作于 2000 年的夏天,于 2001 年年初发表于《收获》杂志。它是我至今为止在国内创作完成的最后一篇作品。我重写的历时之长和涵盖之广都超出了我最初的预期。这其中难度最大、耗时最多的就是《一九八九年十二月三十一日》和《一九九九年十二月三十一日》这两篇作品的重写。这两个"最"与作品的文体特征有很大的关系。这两篇作品的叙述主要是由虚的情绪和飘的意象推动,在很大程度上,更像是诗歌而不是小说。我在 2013 年完成"战争"系列的重写之后,曾经想一鼓作气攻下这最后的堡垒。当时我在中山大学高等人文学院做访问学者,有充裕的时间,也有充沛的精力。但是,我的第一次强攻很快就以失败告终。我一度非常泄气,以为这两篇作品的重写永远都无法完成了。如果真是这样,我整个的重写就将是一个烂尾工程。这样的结局对我的文学生命会造成毁灭性的打击。我很清楚这一点,所以,一直都在寻找反扑的机会。将近两年之后,机会从天而降。我牢牢地抓住了它,完成了这两篇作品的重写。这是我文学道路上的一个标志。它标志着我已经完成自己 2010 年之前发表的全部虚构作品的重写。这种完成让我体验到了"凤凰涅槃"的畅快和庄严。

重写的心理基础当然是完美主义。但是,我的重写并不完全出自我个人的主观愿望,而是顺应了文学的客观要求:它根源于我对汉语表现力的重新认识,也根源于我对文学更加狂热的信仰和对自己更加彻底的怀疑。它是我的文学道路上的必经之路。重写是一种更为自觉也更为刺激的创作过程,它让我一次一次触碰到了语言和审美的边界。对母题的挖掘当然更加有力了,对母题的诠释当然也更加精准了……在不久前的一次活动中,一位读者说在我表面上极为节制又相当平和的叙述里可以看到一些"歇斯底里"的痕迹。我想,这位读者看到的可能就是我在重写的革命中所经历的惊险和刺激。

《十二月三十一日》中反复出现过一个虚构的文本:你富有

传奇色彩的长篇小说《遗弃》。这两部作品之间是否存在着潜在的互文关系?

《遗弃》的主人公是一位生活于八十年代中后期的年轻人。他耽于思辨、热爱写作。他从日常生活的细节里嗅到了今天中国社会的许多问题。"混乱"是那部作品中的关键词,也是主人公对未来最直觉的预期。而"十二月三十一日"系列小说也是从个人的命运,更具体地说,是从两性关系这一日常的角度去窥探八十年代中后期以来中国社会变迁的作品。"混乱"同样是它呈现给读者的最强烈的意象。两部作品之间的确存在着一定的互文关系。我在重写的过程中注意到了这一点,也有意在这一点上进行了更深的挖掘。《遗弃》这部作品原来只在《一九九九年十二月三十一日》中出现过,而且像是一个可有可无的摆设。现在,我让它进入了重写的《一九八九年十二月三十一日》和新写的《二〇〇九年十二月三十一日》。而且,我强化了它在作品中的地位,让它成为将三篇作品连接成一个整体的功能元素,就像"那一趟不断晚点的列车"一样。我经常说生活来源于艺术。你可以说在"十二月三十一日"系列小说中,我又虚构了一个这样的例证。

在《十二月三十一日》的这两篇作品中,外部事件和行动的容量其实不大。叙述主要呈现的是人物的心理状态。这种呈现带有一种内省式的"干净",免去了中国小说中司空见惯的世俗气味。即使在呈现世俗行动的时候,你的叙述也没有丢失优雅的气质。作品中这种重"内"轻"外"的特征正好体现了你的文学理念吗?

发现内心世界的奥秘是文学的天赋和义务。外部的事件只有通过内心的感知才具备文学的价值和审美的趣味。心灵的奥秘一直都是我的写作关注的焦点。个人与历史和社会的冲突可能会在表层的生活上留下这样那样的痕迹,但是,存留于心灵深处的却一定是最文学的烙印。那才是写作者应该关注和痴迷的对象。在写作的过程中,我总是尽量扫除外部世界的障碍,将叙述带进人物的内心。我的"简约"和"节制"是这种自觉的反映。我对语言的高度重视也与这种自觉关系密切。因为与粗糙的外部世界相比,内心的迷宫极为复杂又极为精致,写作者必须对语言极为小心:在进入内心的密道上,一个错误的措词完全有可能会导致整个叙述的错乱。《十二月三十一日》也是我谨慎地操纵语言的一个代表。其实,受《空巢》写作经验的影响,我已经开始尝试在叙述过程中调用更多的"事件"和"行动"。比较两个重写版与原版的区别就很容易看到这一点。而在新写的《二○○九年十二月三十一日》里面,"事件"和"行动"的含量就更高了。但是正如你已经注意到的,对世俗行动的叙述在我的作品里仍然保持着"优雅的气质"。这很重要。在我看来,"优雅"是文学最基本的"气质"。

《一九九九年十二月三十一日》是从主人公妻子的"逃离"开始的。霍桑的《威克菲尔德》和格非的《隐身衣》等也写到了这一主题。你的作品中非常关键的这种人物的逃离属性,是否反映了你对历史和现实或者集体和个体关系的态度?

"逃离"在《一九八九年十二月三十一日》的原版中就已经是占主导地位的生存抉择。它也是整个"十二月三十一日"系列小说中的核心概念。对于不可阻止的历史和无法抗拒的集体,"逃离"可能是脆弱的个人最后的武器。《一九九九年十二月三十一日》是从主人公的妻子几乎是毫无理由的"逃离"开始的,然后又在毫无指望的等待中推进,直到叙述的结束。而在《二〇〇九年十二月三十一日》中,扑朔迷离的和解出现了,对历史和现实的"逃离"在情感的迷宫里隐约看到了"回家"的可能……其实,"逃离"的意义和影响远比我们想象的要复杂。在重写《一九九九年十二月三十一日》的过程中,我突然意识到了主人公下落不明的妻子其实具有很强的象征意义。她可能象征着那种已经离我们远去的价值,她可能象征着那份已经离我们远去的情怀,她可能象征着那个已经离我们远去的时代……如果真是这样,小说的主人公就是我们每一个人:在生命的一个特殊的位置,我们会突然发现浮华和喧嚣已经卷走了我们最珍爱和最依赖的那一点点生命的意义,我们会突然发现自己生活于其中的世界不过是一个没有边界的"空巢"……而且,所有的等待一定毫无结果,所有的寻找也一定以绝望告终。从这样的角度来阅读《十二月三十一日》,我相信读者们会对这部作品和它对生活的发现有更开阔的认识。

三篇作品都将场景设在年代与年代的边缘:旧年代即将结束,新年代即将开始,小说里的人物在时间的边缘被推到了你刚才提到的"空巢"的状态,似乎任何行动都无法阻止虚无的结果。有人称"十二月三十一日"是你的"末日"系列。"虚无"显然也是这系列作品所呈现的基调和主题。但是我觉得,小说人物的"虚无"感并不完全是消极的放弃。它其实也可能是积极的对抗。是这样吗?

《一九九九年十二月三十一日》的结尾应该是这三篇作品中最绝望和最"虚无"的。在小说的结尾处,主人公已经"感觉很累很累了。他已经没有兴趣和兴致在清醒的状态中离开这'最特别'的一天了。他已经不想将'一九九九年十二月三十一日'当成是'最特别'的一天了。他只想尽快睡着。他首先平躺了一下。但是,他马上又意识到这种姿势不利于他入睡。于是,他侧向了左边。那是面对着他妻子的方向。他没有任何的激动。他被一种均匀的节奏带到了一个深谷的边缘。他毫不犹豫地纵身跳了下去。他不断地下沉下沉下沉……直到完全感觉不到自己了,直到时间停顿。"但是,我们不妨去想象一下在新年代的第一天,当小说的主人公看见照常升起的太阳的时候,他会有一种什么样的感受。你说得对,"虚无"感有可能也是一种积极的力量。对"等待"的彻底绝望有可能让人最终重新看到新生活的曙光。这一点,在《一九八九年十二月三十一日》和《二〇〇九年十二月三十一日》的结尾处都有明显的暗示。

你相信文学中必须要有哲学和历史。这种历史并不是对历史事件的还原描述,而是对历史的感觉,或者说对历史的反思。而你作品中的哲学思考,源于独立的意志、怀疑的精神以及生命深处的直觉,没有说教的痕迹,没有学术的沉闷。这种类型的写作应该是难度极高的。有人称你的写作是"精英写作",你自己是否接受这样的归类?

我从来就不接受这样的归类,正像我从来就不接受文学"异类"的标签一样。不能够将哲学和历史当成是"精英"的专利。我关于哲学和历史最早的训练当然有一部分是来源于父母书架上的马列著作(我曾经说我在儿童时代读过的第一本非儿童读物是《共产党宣言》,这不是戏言),但是,其中更大的一部分却直接来源于我少年时代的生活。我的少年时代是在七十年代度过的。那是充满了生活气息又充满了戏剧性的年代。有将近六年的时间,我住在一家中型国营工厂的家属区里,与工人可以说是朝夕相处;而每年的暑假,我都会去看望住在农村的外公外婆,又有机会与当地的农民打成一片。与工人和农民的接触极大地拓宽了我生活的疆域,也丰富了我对生活的理解。在那一段时间里,我遇见过不少比哲学家更懂哲学以及比历史学家更懂历史的工人和农民。比如与我们家关系很好的那位电工师傅。大概在十三岁的时候,有一天我向她倾诉我的苦衷。我说周围的人总是在用异样的目光看着我(理由其实很简单:我父亲是我们居住的这家工厂的领导,我母亲是工厂对面那家中学的领导,我自己是那家中学里出色的学生),我说那种目光让我很不舒服。"你不看别人不就没事了吗?!"那位电工师傅几乎是不假思索地提醒说。这完全是与"走你的路,让别人去说吧"等高的远见,这完全是可以与贝克莱的哲学相媲美的卓识。三十年来,我一直在清冷的文学道路上孤独地探索。这种固执与那位电工师傅当年的点拨应该有直接的关系。来自最底层的哲学对我的人生和文学都有很大的影响。"精英写作"是一个狭隘又势利的学术概念,也是对我的又一种误读。

"祖国"是你的作品中经常出现的一个专有名词。你第一部随笔集也以《文学的祖国》命名。这个专名对写作者有特别的意义,而对一个远离地理上的"祖国"的写作者,意义就更加特别,它所强调的距离是否也是你选择观察中国和观察历史的距离?

每一个写作者都有两个祖国：一是地理或者生理意义上的祖国，有界的祖国；一是心理或者精神上的祖国，"文学的祖国"，无限的祖国。你说得对，写作者与"祖国"的关系是非常复杂的，而生活在异域的迷宫里的写作者与"祖国"的关系就更加复杂。关于这一点，布罗茨基在他那篇题为《一种被称为"流亡"的状况》中有很精彩的分析。我的随笔集《献给孤独的挽歌》重点讨论的也是许多写作者都遭遇过的地理上的祖国与文学的祖国之间激烈冲突的问题。我关于"祖国"的这些思考一直延伸到了自己的虚构作品之中：中篇小说《通往天堂的最后那一段路程》的一开始就专门有一段关于"祖国"的讨论，而"祖国"也是长篇小说《白求恩的孩子们》中的重要主题。是的，可以说这个专有名词所强调的距离已经成为我观察中国和历史的一种距离。

你有过许多迁移的经历。从深圳迁移到位于地球另一侧的蒙特利尔当然是最激烈的一次。这些迁移经历对你的写作产生了怎样的影响？

我很早就注意到迁移在自己性格形成过程中的作用。我于1964年4月出生于湖南郴州资兴煤矿的矿区医院，出生四个月之后就随父母迁回了长沙。在十七岁那年去北京上大学之前，我虽然一直在长沙生活，却有多次和多重的搬迁经验：比如从城市的北区（城市的中心）迁到了靠近城市东部的郊区，后来又从靠近城市东部的郊区迁到了城市南部的工业区……比如从一座以民国建筑为主的旧校园迁到了一座被农田和村舍包围着的设施简陋的新校园,然后又迁到了一家国营工厂热火朝天的生活区……这些搬迁为我打开了一个一个的"世界之窗",让我看到了形形色色的生活形态。对一个写作者来说,这种经历当然是巨大的财富。从深圳移居蒙特利尔无疑是地理上的大迁移,它对我的写作更是产生了决定性的影响:十多年简朴单纯的异域生活不仅给了我重新认识汉语的机会,同时也给了我理想的写作状态。可以很肯定地说,没有这次大迁移就不会有我2012年以来在文学上的大爆发,或者说没有这次大迁移就不会有今天的"薛忆沩"。

《十二月三十一日》通过年代与年代的边缘呈现三个分裂又依存的年代。对于你生活过的那些年代,你个人会不会有选择性的态度?比如更喜欢写作哪个年代或者更愿意生活在哪个年代?

北岛和李陀主编的《七十年代(续集)》里收入了我的《一个年代的副本》。那是我回忆七十年代的随笔。在长篇小说《白求恩的孩子们》的创作过程中,我也调用了自己关于七十年代的大量记忆。我经常会觉得,中国人的七十年代包括了人类全部的历史。它是我最想用作品去呈现的年代。我将来至少还有两部长篇小说会以那个年代为背景。至于更愿意生活在哪个年代,我相信我的许多同龄人会有一致的选择:我们都会选择充满精神追求的八十年代。而"十二月三十一日"系列是从八十年代的尾部开始的。那是迷茫和忧郁的开始。在接下来的三十年里,中国人的生活发生了巨大的变化。这个系列小说试图从一些日常的视角去发现这巨大变化的逻辑或者不合逻辑。

在你的作品中,较少看到中国古典文学的痕迹,却充满了西方现代派文学的气息。你自己也将乔伊斯这样的西方现代派文学大师当成是你在写作上的楷模。乔伊斯钟情于语言,迷醉于意识。你也试图用细致和准确的汉语去呈现人物内心的奥秘。我很好奇,你个人是怎样看待中国古典文学的?

我其实像许多早慧的孩子一样,很小就开始接触中国古典文学的名著。1975年初,我父亲在湖南省委党校学习期间带我去那里同住过,我在那里第一次读到了《三国演义》。而稍后又突然爆发了评《水浒传》的政治运动。我像许多同龄的孩子一样带着对宋江的偏见翻开了那部古典文学名著。再过了两年就开始断断续续地进入《红楼梦》了……有意思的是,"权"、"谋"、"侠"、"义"等等统领一些中国古典文学名著的主题从来就无法打动我。但是,作为一个敏感的孩子,我不可能不为"情"所动。《红楼梦》一下子就抓住了我。1980年秋天,在改革开放后长沙的第一次书市上,我买了一套《悲惨世界》和一套《红楼梦》。紧接着,我就在青春期不可理喻的苦闷中系统地读完了这部关于苦闷的青春期的作品。我至今保留着当年(1980年)的日记。我在日记里详细地记录了自己第一次精读《红楼梦》的进度。《红楼梦》的智慧、情怀和忧郁在我的意识里留下了不可磨灭的印迹。它深深地影响过我的写作。这种影响也许深入到了"无意识"的层面,经常会在我的作品中自然地流露出来。比如有评论家认为《空巢》中的"空巢歌"与《红楼梦》中的"好了歌"有相似的旨趣。这种比较很有意思。顺着这个思路,我们还会看到,在《空巢》的结尾处,女主人公也达到了"悟空"的境界:她请求母亲的亡灵将她带离"这个充满了骗局的世界"。这与贾宝玉的幻灭和离去也有同工之妙。文学不是耀武扬威的工具和手段。文学是为"人"的脆弱和"天"的无情而存在的。文学是悲天悯人的。

我们这一代人与西方文化的关系是一个很有意思的话题。我们是在《国际歌》声中长大的:我们还不省人事就已经在高唱"英特纳雄奈尔就一定要实现"了。从这个意义上说,我们这一代人与从前的中国人完全不同,我们从小就已经具备了"国际视野"。这当然是一种空前绝后的经历。更何况,马克思主义这一特殊的西方文化是我们的启蒙教育,青年马克思对异化的批判直接导致了他后来对资本主义的批判。这种批判是西方现代派文学的重要思想来源。包括卡夫卡和乔伊斯在内的许多西方现代派文学大师都带有明显和强烈的社会主义倾向,我们这一代中国的写作者与他们是有"共同语言"的。

你觉得文学和语言应该有怎样的一种关系?

我一直认为文学与语言唇齿相依:文学离不开语言,语言离不开文学。我也一直试图在自己的写作过程中去发现文学与语言之间的默契。"优雅"是这种默契最重要的外部特征,而"悲悯"是这种默契最本质的内在元素。乔伊斯成为我的楷模大概就是因为他对文学与语言的这种默契有清晰的认识和狂热的追求。希尼在BBC的一次采访中说乔伊斯的《尤利西斯》能够让他听到都柏林城区的声音。这种"有声"的效果正好是文学与语言之间神奇的默契的尺度。我相信,好的文学作品一定是经得起"朗读"的考验的,一定是"可读"的。"朗读"能够帮助我们发现文学和语言之间的任何的不默契,它是我对自己的作品进行终审的手续。我的包括长篇小说在内的所有作品都经过了这样的终审。没有听觉的最终认可,我是不会将作品投寄出去的。

你在2013年出版了短篇小说集《出租车司机》("深圳人"系列作品)和《首战告捷》("战争"系列作品),2014年出版了长篇小说《空巢》,今年又为读者带来了中篇小说集《十二月三十一日》。以你现在的写作状态,更倾向于什么体裁的小说创作?

我是一个不怎么受体裁限制的写作者。近年来,在我的中短篇小说获得好评的同时,我的长篇小说《空巢》、《遗弃》和目前只有台湾版的《白求恩的孩子们》也受到了广泛的关注。我还写过不少出色的微型小说。微型小说《生活中的细节》曾经与王小波的《黄金时代》同年(1991年)获台湾《联合报》文学奖。有评论家甚至认为我的微型小说《与狂风一起旅行》是我最好的作品。不过以我现在的写作状态,我似乎更倾向于长篇小说的创作。我的头脑中现在已经有两部越来越成熟的长篇小说。事实上,《十二月三十一日》本身就可以看成是由三个中篇构成的一部结构奇特的长篇小说。这三个中篇主人公的代码都是"X",主人公的经历也有一定程度的连续性。当然,为了小说美学的需要,我有时候也会故意掩盖甚至打乱那种简单的连续性。有评论家注意到我的长篇小说与短篇小说的创作在本质上是相通的:它们都有精致的结构和精准的语言,它们的叙述也都非常节制。我同意这种看法。我对任何体裁的创作都有同样的兴趣和热情。

你的文学道路上充满了事件。九十年代初,在创作势头即将勃发之际,你突然停止了写作,随之出现的是一个长达五年的空白。能谈谈个中的缘由吗?

六年前,当《通往天堂的最后那一段路程》与《阿Q正传》等十一部作品一起被收入"中篇小说金库"第一辑的时候,我专门写过一篇题为《"好"文学的"坏"运气》的文章,回顾自己在文学道路上遭遇过的一些挫折。对这个话题感兴趣的读者可以去读那篇文章。写作是我的宿命,我对这一点有清醒的认识。我一直是一个独立自主的写作者,经常遭遇"坏"运气其实是我的常态。坦率地说,我对自己遭遇过的那些挫折并没有抱怨,因为它们不仅没有将我击垮,反而成就了我,给了我更坚定的信念和更卑微的情怀。将近三十年过去了,我仍然在文学的道路上固执地前行。每次想到这一点,我就会对生命充满了敬畏和感激。所以还是不要再去纠缠"个中的缘由"了吧。还是向前看吧。

最近这四年来,你无疑是中国文坛曝光率最高的作家之一。但是,你在一个访谈里说,你现在依旧有能否被更多读者认知的焦虑。文学现在只是属于小众的艺术。在这样的时代,你觉得一个写作者应该如何去平衡自己的创作与外在的名声之间的关系?或者说你期待收获哪一类型以及多少数量的读者?

2012年,我出版了包括台湾版的《白求恩的孩子们》在内的六本新书。2013年,我出版了三部短篇小说集,还在台湾的杂志上发表了长篇小说《一个影子的告别》。去年,我出版了长篇小说《空巢》和随笔集《献给孤独的挽歌》。今年,除了已经出版的《十二月三十一日》和访谈集《薛忆沩对话薛忆沩》之外,还有一套"薛忆沩文丛"(共三本)即将上市。以这样的频率由著名的出版社不断推出自己的作品当然会引起媒体和读者的注意。但是,我只是一个虔诚的写作者,一个为写作而写作的写作者。我会非常在意自己的新作相对于旧作有什么变化或者进步,而不怎么会去在意市场和读者的反应。更明确地说,写作是我的宿命,哪怕没有任何读者,我也会继续写下去。记得卡夫卡的《饥饿艺术家》吗?那位艺术家已经没有任何观众了,而他却还在继续奉献、全情奉献,一直"艺术"到了生命的最后一刻。当然,我也坚信,好的作品总是会与理想的读者胜利会师。这是文学的魔力。这也是文学的宿命。读者的数量是不重要的,正如人口的数量并不能证明一个民族的强大一样。重要的是读者的质量。我有时候的确还会有是否能被认知的焦虑。那种焦虑针对的是文学本身被认知的状况,而不是我个人的作品被认知的状态。越来越多的诱惑和越来越多的信息已经将越来越多的读者带离了文学……这不是文学的不幸,这是"不"读者的不幸。

你未来的文学规划是什么?《空巢》是关于老年人的作品。《十二月三十一日》是关于成年人的作品。你的下一部作品会是关于什么人的呢?

我有许多的写作计划。我曾经开玩笑说,要完成这些计划大概需要四十年的时间,而我估计自己只能再活三十五年。也就是说，我的计划与我的现实之间存在着五年的缺口。所以，我只愿意过最简单的生活。所以，我不愿意浪费任何的时间。

我一直想写一部用孩子的眼睛去打量疯狂和荒谬的成人世界的作品。我不知道它会不会是我的下一部作品。有时候，"下一部作品"是突如其来的。《空巢》就是这样。我在开始写作之前，从来没有想过要写一部这样的作品。它是2013年圣诞节那天傍晚我走进北京飞往多伦多的加航AC016航机的时候突然出现的作品，是一部"从天而降"的作品。正是这"从天而降"的奇迹给了我巨大的力量，让我能够在2015年年初攻下"重写的革命"中最后的堡垒。《十二月三十一日》将我的文学道路带到了一个新的起点。

:::

后记：

　　这篇访谈于2015年9月22日由新浪网读书栏目推出。访谈的提纲由记者吴纯提供。

永不磨损的乡愁

您曾在国内的不同城市生活和工作,如今又定居国外,能谈谈您的乡愁吗?

我的祖籍在河南禹县,但是直到十八岁那一年的暑假,我才回去过那里一次(我至今也只回去过那一次)。我一直将湖南长沙当成是自己的故乡。在北京读书的时候,我会有很深的乡愁。我的普通话一直带着口音,这也许就是乡愁最深的痕迹。乡愁是一个与时间、距离和等待有关的概念:如果一个人只能用书信与故乡联系,如果等待一封家书需要三天、四天甚至更长的时间,如果坐上火车回故乡需要一个白天和一个夜晚……乡愁肯定会比现在要浓烈许多。现在,高科技的通信工具和交通手段已经扭曲了人对时间、距离和等待的感觉。与此相应,故乡和家园也已经失去它特有的意义和魅力。这是人性的现代悲剧之一。幸运的是,文学给了我另一个故乡,另一种家园。这永恒的故乡和精神的家园让乡愁永不磨损。这种乡愁让我对时间、距离和等待都依然保持着纯真的感受和传统的敬畏。

深圳的媒体往往将您视为深圳作家中的代表人物。想听听您关于深圳的看法。每次回来,深圳带给您哪些不一样的感受?

我不仅是深圳九十年代生活冷静的观察者,还在九十年代的深圳完成了我不可思议的"重返文学"的征程。我与深圳的关系现在已经是中国当代文学研究的一个话题。大概在十年以前,我在深圳的报纸上发表过一篇题为《我以无数的方式属于深圳》的短文。我在短文中写道:"深圳不仅与我过去的写作'相依为命',它还将以更加神秘的方式激励我未来的写作。"这是十年来不断被我的创造力所证实的命题。我相信,它还将会不断被更长远的未来所证实。

关于我对深圳的看法,可以参阅刚刚出版的《薛忆沩对话薛忆沩》一书中那篇题为《对深圳'一见钟情'》的访谈作品,这里就不重复了。

《出租车司机》是您的"深圳人"系列小说集。但是,其中的作品跟深圳并不存在明显的对应关系。比如在小说集的自序中,您就说《小贩》的人物原型早在1977年春天就已经出现在您当时就读的"长沙市第21中学"的门口。"深圳人"系列小说这个概念是在什么时候形成的?在深圳的工作生活经历给您的创作带来了怎样的影响?

"深圳人"系列小说这个概念产生的过程的确比较复杂,我在小说集的自序中已经对它做过详细的说明。《小贩》被我称为是"用33年时间写成的作品"。它从原型的首次出现到文本的最后定型所经历的时间基本上就是整个"深圳人"系列小说所经历的创作过程。也就是说,这个系列作品根源于我少年时代以来对"人"的观察和思考。但是,没有经过后来十多年深圳生活现场的反复提炼,这些观察和思考不可能获得现在这种美学上的纯度和高度。这是我将它命名为"深圳人"系列小说的原因。是的,我从这些作品中抹去了深圳"看得见"的痕迹,如道路和地标的名称等等。这是故意的处理,也完全符合我的小说美学。"看不见"的深圳才是我的文学需要去发现和呈现的深圳。它的里面隐藏着人性最真实的奥秘。

作为中国"城市文学"的代表人物,您怎么看待"城市"的特性?能否结合您个人的经历谈谈国内外城市的异同之处?

尽管我的大部分作品都以城市为背景,我对城市却越来越没有信心和兴趣了。中国的城市尤其令我痛心,因为它们不过是不同名字之下的同一座千篇一律的城市。国外的城市也正在变得越来越乏味,但是相比起来,它们的管理者还是需要顾忌选民的意愿,会将保存城市的特色和保护生态的环境作为比创收更重要的政绩。国外城市的文化气息会浓一点,商业气息会少一点，自然环境会好一点……以我居住的蒙特利尔为例吧：风光迷人的皇家山就绵延在城市的中心，而城市的公共交通四通八达，大部分人上下班都使用公共交通。还有，面对美国文化的强大冲击和诱惑，蒙特利尔特别注重保存自己的法语文化遗产，所有的商家都必须使用法语的招牌，而像肯德基那样的店铺在数量和规模上都受到严格的限制。

您在媒体采访中曾经明确表示不喜欢"城市文学"这个概念。为什么？您怎么看待城市与文学的关系？

我不喜欢所有将文学"变小"的标签，不管它是恶意的还是善意的。城市文学和乡土文学都是会将文学"变小"的标签。《边城》是乡土文学吗？《看不见的城市》是城市文学吗？《百年孤独》完全是乡土的，但是你能将它归为是乡土文学吗？《尤利西斯》完全是城市的，但是你能将它归为城市文学吗？所有伟大的作品都是超越这种狭隘的标签的。我的第一部访谈集中有多篇涉及城市与文学的关系，其中《"文学永远只有一个方向"》尤其值得注意。文学是关于个人和内心的，而现代城市正在用形形色色的"营销策略"和"商业模式"勾销个人、掏空内心。还有过度的信息、过快的节奏、过多的"噪音"以及生命不能承受之轻……这使得本应该成为文学沃土的城市有可能会变成创造力的坟墓。

在散文《一个年代的副本》中,您详细地回忆了自己在七十年代的经历,文中多处提及"死亡",而"死亡"这一命题也频频出现在您的其他作品之中。这是少年经历在创作中留下的印记吗?

可以这么说。许多具有历史意义的"死亡"在我们这一代人的少年时代都留下了深深的烙印,而我自己的日常生活中也弥漫着死亡的气息:那位要好的小学同学的溺亡,那位我很喜欢的老爷爷孙子的自杀,他们都只活到了十二岁……九岁那年夏天,我自己也与死亡擦肩而过:如果不是水塘附近的一位菜农及时跳进水中,一把抱住了我,1973年就成了我人生的终点。少年时代能够有这么多关于死亡的体验是一个写作者的大幸。后来这些体验都进入了我的创作,如《白求恩的孩子们》的主人公扬扬就是在十三岁那年自杀的。他留在小说中的笔记本也是七十年代的一个副本。

您在大学学习的是工科,您一直都对数学很有兴趣。您大概是中国"数学水平最高的"作家。回看过去,您从工科到文科的转变是否存在必然性?

七十年代末期开始的思想解放运动给我们这一代人带来了西方现代主义思潮。对人的处境的思考从此占据了我的生活。

在1980年春天,也就是十六岁生日之后不久,我已经下定了要用写作去影响世界的决心。而在思想解放运动之前的三年,在刚开始学习物理学的时候,爱因斯坦就进入了我的生活:我不仅花大量时间研读他的相对论,还博览他的哲学思考和政治见解,对他的人生经历更是如数家珍。这样的起点对一个十三岁的少年意味着什么?我那时候就对中国的应试教育充满了蔑视和敌意,也不断地反抗。我一开始就不是一个中国式的"工科男",在我的同学们为定滑轮和动滑轮绞尽脑汁的时候,我在学着爱因斯坦的样子,推敲康德的《纯粹理性批判》。我至今都非常感激爱因斯坦对我的影响。他让我将创造的激情和怀疑的精神推崇为生命的本质或者意义。我有时候不知道是我选择了文学,还是文学选择了我。但是我知道,像中国现代文学最伟大的先驱那样"弃理从文"是我人生道路上的必然。

1988年写就的长篇小说《遗弃》于1989年初出版。但是在很长一段时间里,它却"只有十七个读者"。这种冷遇有没有让您产生过自我怀疑?后来,因为何怀宏教授在《南方周末》上的推荐,这部作品迅速成为中国知识界的话题。2012年,经您重写的《遗弃》出版,并成为"年度十大好书"。您怎么看待自己这部小说的经历?

绝大多数现代派文学的经典都有过苦不堪言的出版经历和

难以启齿的读者接受过程。我现在很高兴自己长篇小说的"处女作"也能够遭受类似的坎坷,与自己敬仰的经典"患难与共"。但是,在九十年代中期,我对《遗弃》是持强烈的怀疑态度的,我甚至觉得应该将它从自己的记忆中抹去,否则我就不会再有文学上的进步。所以,当何怀宏教授1997年秋天向我表示他对《遗弃》的兴趣的时候,我的态度完全是消极和抵触的……重写《遗弃》的过程加深了我对这部作品的理解和认识。我尤其看到了这部作品与文学和历史以及整整一代中国人的精神成长过程的"必然"联系。正是基于这一点,我对它现在不断获得的荣誉能够平静地接受,因为我知道这些荣誉不是属于我个人,而是属于我们那一代人……同样地,它也属于现在和未来所有那些在荒诞的世界面前感觉迷茫和困惑的年轻人。

1990年离开长沙前,您完成了中篇小说《一九八九年十二月三十一日》的创作,您曾说:"这是我自《遗弃》和《一个影子的告别》两部长篇小说之后最激情的写作,它就是我等待的'清算'。"应该怎么理解您的这句话?

1989年是我文学道路上的一个特殊年份。在春天即将结束的时候(也就是我二十五岁生日即将到来之际),《遗弃》已经正式出版,后来改名为《一个影子的告别》的第二部长篇小说也已经完成。我对自己的文学前途开始产生了特殊的期待和幻想……但是，在接下来的夏天、秋天和冬天，我像许多从噩梦中惊醒的人一样，一直处于"失语"的状态，没有写出任何作品。在1990年最初那些天激情地完成的中篇小说《一九八九年十二月三十一日》打破了这个僵局。这大概就是我说的"清算"的意思吧。作品在当年的年底将我带上了《花城》杂志和台湾《联合文学》杂志的封面。这一事件不仅成为我第一次文学生命中的重要标志，也对我随后的文学征程和人生轨迹产生了巨大的影响。二十五年后，我将重写的战火引向这部至关重要的作品。重写版以《十二月三十一日》为题刊登于今年第四期的《作家》杂志上，再次引起文学界的关注。《一九八九年十二月三十一日》是我的第一篇"十二月三十一日"作品。很遗憾，它没有能够收入刚刚出版的以《十二月三十一日》为名的中篇小说集。它好像还在等待着另外的一次"清算"。

您刚才提到了您的重写。许多读者都知道，从2010年到2015年，您用五年的时间重写了自己几乎全部的文学作品。您称重写的原因是您对旧作的语言已经"无法容忍"。什么样的语言表述是您所"无法容忍"的？

这是一个很大的问题。简单地说，在写作《与马可·波罗同行》的过程中，我对汉语产生了崭新的认识，因此对自己的汉语表达也有了更高的要求。"精准"是这种要求之一。举一个典型的例子吧:在短篇小说《首战告捷》的起始句中,旧作称将军指示吉普车"转入一条狭窄的土路"。这个短语可能有两层暗示:一是他们原来走的不是一条"土路",二是他们原来走的不是一条"狭窄的"土路。这个故事发生在1949年,第一层暗示当然不能成立。而那又是将军进入故乡村庄的最后一个转弯,也就是说,他们刚才也应该是行驶在"狭窄的"乡间土路上,第二层暗示也不正确。在重写版中,这个短语被改为"转入一条更窄的土路"。这个改动一举两得,同时消除了隐含在旧作松弛的表达中的两个"不合国情"的暗示。

近年来,网络词汇层出不穷,您认为这一现象将对现代汉语发展产生怎样的影响?您在写作中会用到这些词吗?

流行得很快的词汇往往也消失得很快。这是在网络出现之前就已经反复出现过的语言生态。绝大多数的流行语就像是流星雨,肯定会转瞬即逝。现在还有多少人记得"文化大革命"期间或者上个世纪末的那些流行语呢?我是对语言很敏感的人。记得八十年代每次放假从北京回长沙,方言中新出现的流行语都会引起我的好奇。而更让我好奇的是那些流行语的消失:有一些甚至在过一个假期回去的时候就已经没有人使用了。新词汇很可能是一种营养,但是过度的营养就像泛滥的信息一样,一定会妨碍写作者的身心健康。当然,时间是最后的审判者。只有能够经受住时间考验的词汇才会在语言里生根发芽,最后长成意义丰满的大树。我对流行的一切都非常戒备。我是一个自愿的"落伍者"。我在写作中从来不会用到我自己感觉陌生的网络词汇。

您称自己是"一个居住在书面语言里面的人"。在中国当代文学中,您认为哪些作品可称为书面语言的典范?

"生在新社会,长在红旗下"的两代中国作家对语言与文学的关系思考不多,这种思想上的"贫困"在他们的作品中留下了明显的痕迹。现在的情况有很大的改变。我知道现在有不少年轻的写作者对语言、结构、文体等等问题有许多的思考,也正在勤奋地将思考的成果运用于写作的实践。这些年轻人是中国文学的希望。有了这样的思考和实践,堪称"典范"的作品将来一定会出现。

能谈谈您的阅读经历吗?在您看来,阅读对一个人到底有什么意义?

一个好的写作者一定是一个好的阅读者,也只有一个好的阅读者才可能成为一个好的写作者。我的第一次海量的阅读期出现在十一岁左右。那时候,"文化大革命"还在继续,读书也还不是值得炫耀的爱好,而真正触及灵魂的书籍还只能在"地下"流通。我什么都读,从父母书架上的《毛泽东选集》、《共产党宣言》、《反杜林论》、《国家与革命》和《联共(布)党史简明教程》到邻居家桌面上的《赤脚医生手册》。七十年代后期注意力的转移应该是一个关键。那时候有一段时间,工厂里的一位技术员将他的房间借给我做"工作室",每天晚上吃过饭,我就去那里自习(用当时的流行词应该叫"攻关")。有一天,我翻到了他收在衣柜里的一摞旧书,其中有一本爱因斯坦的《狭义与广义相对论浅说》。我一下子就坠入了"情网"。对"哲学"的爱从此牢牢地抓住了我。当然还有怀疑的精神。《遗弃》从某种意义说就是这宿命情缘的结晶。我感谢爱因斯坦。在桀骜不驯的少年时代能够遇上如此桀骜不驯的精神导师真是人生的大幸。去北京上大学的时候,书籍占据了我行李中的大部分重量,其中包括黑格尔的《小逻辑》和《美学》以及《爱因斯坦文集》(第一卷)。回想起来,那完全不像是一个去"航空学院"攻读"计算机科学与工程"的十七岁的年轻人。二十世纪末期,我的阅读又发生了一次改变,我基本上改用英文阅读了,而且除文学之外,阅读的重心也转移到了历史之中。这次变化对我的文学状态也产生了根本性的影响。写作和阅读是我生活中的两大主题。痛苦、焦虑、绝望等等负面的情绪始终会与写作的过程相伴,而阅读是纯粹的享受,是生命能够获得的最大的享受。阅读的意义是多方面的,我觉得最神奇的是,它能够让有限的生命去体会无限的处境,让人超越时代和地域的局限。

您现在择书的标准是什么？

语言是我择书的第一标准。叙述的语言没有达到我个人美学标准的书，我是不会读下去的。我现在最喜欢读历史方面的作品，包括形形色色人物的传记。一个重要的原因就是这些书是用最好的语言写成的。英语世界里的历史学家和传记作家对语言的迷恋和苛求真是令人敬佩。

请谈谈您最近在读的一本书和您最嗜爱的三本书。

我总是同时读好几本书。最近一直在读西方文学中的经典作品。重返经典让我对自己和对经典都有许多新的发现。最喜爱的书也有很多，一定要罗列三本的话就是塞万提斯的《堂吉诃德》、乔伊斯的《尤利西斯》和罗素的《西方哲学史》吧。

....

后记：

这篇访谈发表于 2015 年 11 月 10 日在深圳出版的《书都》杂志。最初的采访提纲由杂志记者刘秋香提供。

捍卫阅读的尊严

《与马可·波罗同行——读看不见的城市》是您关于卡尔维诺名著《看不见的城市》的解读。阅读在您的生活中一定占有重要的位置。您每天会花多少时间阅读?

我的阅读和写作是一对矛盾:进入写作的时候,整个生活的节奏都会改变,几乎没有时间阅读。在写长篇小说的时候,这种无法阅读的状态会持续三个月。妨碍阅读是我对写作最不满意的地方。而写作一结束,我就会立刻投入到阅读之中,全部投入到阅读之中。

您平时最喜欢读什么书?您觉得怎样的书才算好书?

我现在基本上是用英语来阅读,偶尔也读一些法语的作品。其他语种的作品(如《百年孤独》)都是通过英语的译本来读的。我阅读的范围非常广,在文、史、哲之外还读科学以及一些实用的书籍,如棋谱和菜谱。我非常喜欢读科普作品。我也建议每个家庭的书架上都为科普作品留出一些位置。

《遗弃》的主人公曾经说好书必须是薄书。我认同他这种"形式主义"的标准。所以,我比较喜欢卡尔维诺和博尔赫斯这样的作家,所以,我自己也从来不敢将书写得太厚。当然这不是绝对的标准。我最喜欢的《堂吉诃德》和《尤利西斯》就都是"大部头"。

我觉得有一两句话让读者震惊和受益的书就可能是好书。而真正的好书还一定能够让读者强烈地体会到"写作"和"语言"的神圣和高贵。

您个人最喜欢哪些作家?

我们这一代中国写作者深受西方现代派文学的影响。我不改初衷,现在还是钟情于这个类别中的作家,如乔伊斯和卡夫卡。伟大的作品从来都不会怠慢任何一次阅读的冲动,也不会怠慢任何一种阅读的形式。对伟大的作品做碎片化的阅读也不会减损它们的伟大。不过最近一段时间以来,我的阅读面扩大了,扩大到了以前不太喜欢的那些现实主义文学的经典,比如《简爱》、《傲慢与偏见》等等。每次翻开这些作品,我也都会有惊人的发现。

很多作家都建议读死人的经典,而不读活人的作品,您的意见是什么?

这种说法我不太理解,很多作家还没有死,他们的作品就已经成了经典啊,比如现在还活着的莫里森、库切和拉什迪。没有多少作家会像我这样"重写"自己的作品,所以不必一定要等到作者死掉才去读他们的作品。

我以前比较轻视经典,而现在,我会在经典里找到很多的乐趣。这当然得益于我自己文学解释力的不断提高。我会反复重读经典中的一些经典的片断。我从不受"写实主义"、"女权主义"之类庸俗标签的影响,而总是从作品本身去发现文学的奥秘。文学是自由的。好的阅读者也一定是有独立判断和自由精神的阅读者。在阅读经典的过程中,这种独立判断和自由精神尤其重要。没有它们,阅读者就会陷入陈词滥调的泥沼。

您对今天的阅读环境怎么看?您对碎片化阅读的趋势怎么看?对比国外的情况,您对国内的读者有些什么建议?

王尔德在一百多年前就对人类写作和阅读的历史做过幽默的总结。他说以前是少数人写书,多数人读书;后来是很多人写书,少数人读书;将来是所有人都写书,没有人读书。今天离他说的将来已经不远了。据说钱钟书先生在第一次走进美国国会图书馆的时候,面对汗牛充栋的著作,也发出了不要再写的感叹。

我们生活在一个分心的时代,在谈论一部电影的时候,我们关注的不是它的思想和艺术,而是它的广告和票房;在谈论一位国家元首的时候,我们关心的不是他的政见和抱负,而是他的颜值和身家……这分心的时代塑造了今天的阅读。今天的读者很容易受与作品质量关系不大的因素的干扰,比如书的销量和作者的噱头等等。

是的,今天的阅读环境确实变了。"碎片"本身其实并不是问题。如果能够专注于碎片,将一段话甚至一个词读通读透(比如《百年孤独》的第一自然段,比如"人不可能两次踏进同一条河流",比如《老子》的"道")……碎片化又有什么关系呢?许多碎片是胜过一本完整的书的啊。现在的问题是碎片太多,读者已经眼花缭乱,已经不能专注。

全人类阅读的激情都在下降。这是"信息"泛滥的必然结果。但是,西方的情况相对好一点。这与西方人的生活传统当然有很大的关系,从文艺复兴之后,阅读一直就是西方人生活中的重要部分。这也与他们个人主义的思想传统有很大的关系。个人主义在一定程度上能够缓解潮流对社会的冲击。

莫迪亚克说过:一个人读什么并不重要,重要的是他重读什么。我相信重读能够恢复阅读的宗教感觉,是对阅读的一种拯救。我们应该大力提倡重读。反复重读同一本书可能比读十本不同的书更有意义。我是一个虔诚的重读者。《都柏林人》中的一些短篇我读过无数遍。《百年孤独》的第一段我也读过无数遍，不仅用英语读过无数遍，还用西班牙语读过很多遍。我们应该用重读来捍卫阅读的尊严。

请分享一下您最近在读或者说重读的书。

《堂吉诃德》、《城堡》、《尤利西斯》……在一条奇特的文学道路上孤独地行走了三十年之后，这些经典给我带来了一种回家的感觉。

您的很多作品都针对当下，如《出租车司机》。村上春树的作品也大都是当代题材。有人说写当下很容易，也有人说写当下最难。您怎么看？您以后会尝试写古代么？

我也有不少写"古代"的作品，如《广州暴乱》和《死去的与活着的》。我的作品其实总是试图与现实保持一定的距离，包括大家认为很接地气的《空巢》。司空见惯的电信诈骗其实只是这部作品的外表，而作品的内核是心灵和历史的奥秘。"深圳人"系列小说《出租车司机》也有意回避了深圳的地标。它们聚焦于普通人内心的颤抖——这颤抖是生活中最具有文学价值的元素，是普世价值的镜像。我一直相信我写当代的作品不仅当代和未来的读者能够看懂,古代的读者也能够看得懂,因为内心的困惑是永恒的。

中国文坛主流认可的通常是写农村或者写城乡结合部的作品,偶尔有写城市的作品,写的也是以前的城市。而您的作品大多是写城市,而且是今天的城市。您如何看待中国文学与"城市"的关系?接下来在这方面会有怎样的发展?

现在其实有不少年轻的作家在写今天的城市,而且写得越来越好。他们代表了中国文学的方向。莎士比亚曾经说过,城市从本质上就是聚集在一起的人。所以,写城市从根本上还是写人,尤其是人的内心世界。如何透过浮躁的世相去发现内心的风景,或者说如何从"看得见"的城市走进"看不见"的城市(即人的内心世界)是对今天汉语写作者的重大考验。

中国文学界对城市文学和乡土文学的界定是肤浅和粗暴的。中国文学想要获得国际地位,首先就要打破这一系列禁锢想象力的陈规陋见,用普世的情怀去关注人、关心人。

您会鼓励年轻人从事文学创作吗?

在浮躁的中国，仍然有不少年轻人在激情地从事文学创作。在我看来，这是中国的希望。我与不少热爱文学和写作的年轻人有过接触。我知道他们有很高的文学品位，也有良好的写作态度。更重要的是，他们对语言和结构非常在意，这是大多数前辈中国作家的文学意识中所缺乏的"元素"。我最近多次谈到我们的社会要爱护这样的年轻人，要爱护这种理想主义的激情。在一切都好像过剩的中国，理想主义已经到了严重稀缺的程度。是的，我希望有更多的年轻人加入到写作者的行列里来。在我看来，写作是崇高的事业，为它付出任何的牺牲都是值得的。

2012年，《遗弃》被评为"年度十大好书"，两年之后，《空巢》再次入选。两次凭原创文学作品进入"年度十大好书"，这应该是很难打破的"全国纪录"。对马上到来的深圳读书月，您有什么寄语和希望？

我希望读书月期间能够安排一些倡导"重读"和"精读"的活动，让读者回到阅读之根，找回阅读之魂。

而对"年度十大好书"的评奖，我相信去年增加文学作品分量的做法是绝对正确的。希望今后也不要偏离这个方向。对文学的轻视是中国知识界的痼疾。当年《遗弃》获奖的时候，"年度十大好书"里只有一部文学作品。这是非常荒谬的。另外，也要多评原创作品,少评翻译作品,甚至可以考虑将翻译作品全部放到一个另外的类别中去。中国知识界对翻译的偏爱和依赖也是非常病态的。

后记:
　　这篇访谈的原稿发表于 2015 年 10 月 18 日深圳《晶报》。访谈提纲由记者熊奇侠提供。

用"精神胜利法"支撑理智和脊椎

收集在《薛忆沩对话薛忆沩》一书中第一篇访谈的题目是《薛忆沩采访薛忆沩》。这时候,你在《天涯》等杂志上的出现已经引起全国性的关注,而你的《遗弃》经过修订也已经再版,你的第二次文学生命正处在腾飞的前夕。这种对自己的采访是不是你的一种自我激励方式?之前那么长时间处在逆境之中,你是不是特别善于用这种方式来激励自己?

在1991年的春夏之交,我的文学生命遇到了不可抗拒的阻力。因此一段将来也许会成为文学史话题的长达五年的"休耕"出现在我个人的文学史料中。创作之火的重新燃起已经是1995年夏天的事,而"薛忆沩"这个符号在国内杂志上的重现已经到了1996年的春天。我的第二次文学生命就开始于这个时候。你提到的访谈是三年之后完成的。这时候,我的创作的确处在腾飞的前夕。通过这种对个体生命的探问,我认清了自己生命的意义,或者说认清了自己的宿命吧。它的确是一种自我激励,一种以"精神胜利"为基调的自我激励。我是一个长期处于"逆境"中的写作者。我需要用"精神胜利法"来支撑住自己的理智和脊椎。

有人说你的作品太理性,你怎么回应这种说法?

十六年前在伦敦与一位著名的文学教授交谈的时候,他突然抱怨王小波作品"理工科"的痕迹太深。我马上提醒他说我也是"理工科"出身,主动自我贬低。没有想到,他好像早已经准备好了下文。他几乎是不假思索地说:"你完全不同,你的作品将'情'和'理'融合得很好。"莫言的一位法文译者在读完我的《白求恩的孩子们》之后,对作品表现出来的"脆弱"大加赞赏,大概也有类似的意思。她说"脆弱"是文学的特质,也是大多数当代中国文学作品中所缺失的气质。我在加拿大的出版商不久前也在文章中提到我对笔下人物的"悲悯"。是的,我的作品被这种悲悯之情浸透,哪怕是像《与狂风一起旅行》那种篇幅很小的作品也不例外。说我的作品太理性的读者如果不是心灵比较粗糙,就是眼光不够精细。

你觉得,哪个群体对你的作品最为认同?原因在哪里?

这些年我在国内的图书推广活动很多,与读者的接触也很多。最认同我的当然是那些对文学有很高鉴赏水平的读者。他们中间有不少是在当代中国很活跃的年轻的写作者和研究者。在《空巢》出世之后，我的读者群迅速壮大。这次由北京三联书店出版的"薛忆沩文丛"三种也受到特别的欢迎。中国读者的文学鉴赏力近年来的确有很大的提高，这对写作者是一种激励，也是一种考验。

你说"薛忆沩采访薛忆沩"的时候，你处在第二次文学生命之中。截至目前为止，你到底有几次文学生命？

这是一个我经常被问到的问题。到目前为止，我一共有三次文学生命：第一次从《作家》杂志1988年8月头条刊出我的中篇小说《睡星》开始，到1991年的春夏之交，一共持续了不到三年；第二次从1996年初在《湖南文学》恢复发表开始到2001年初在《收获》杂志上发表《一九九九年十二月三十一日》为止，一共持续了五年；第三次从2004年在《书城》杂志上发表《通往天堂的最后那一段路程》到现在，其中又以2012年以来的这四年最为旺盛。这第三次文学生命现在应该仍处在壮年，因为它的荷尔蒙存量还让我有用之不竭的感觉。

你经常强调自己是"个人主义者"。个人主义对写作很重要吗？

个人独特的感知力和表现力始终是文学创作的根基,而个人的处境以及个人与历史和社会的冲突是文学终极的主题。因为任何个人都是"脆弱"的,文学本身就是一种以"悲天悯人"为天职的"示弱"的文化形态。对"个人"的关注使文学具备了普世的价值,使写作具备了永恒的意义。所有伟大的写作者都是个人主义者。

你也承认自己是"悲观主义者"……

其实,我本质上是一个理想主义者。从我对文学锲而不舍的追求和我作品的美学倾向都可以看到这一点。当然,遇上现实的岩礁或者遇上一个缺乏理想的时代,一个思想主义者就很容易变成一个悲观主义者。我反复强调自己是一个积极的悲观主义者。也就是说,我仍然不肯放弃。我从小就相信马克思主义关于"改造世界"的说法。我相信文学是一种"批判的武器",能够将世界带向正确和美好的方向。

你喜欢哪种类型的作家和作品?

我喜欢对文学有使命感和责任感的作家。他们将文学视为宗教,对语言和生命怀抱着极度的热忱和虔诚。他们的写作是一种朝圣。这些作家的作品不仅为我们提供"善"的抚慰和"美"

的享受,还为我们提供认识世界和生命的途径,提供关于"真"的智慧。

你是长沙人,也是在本地长大,外表和气质却都并不像地道的长沙人,反倒有"外省人"的异质,这应该不是我个人的观察。为什么会有这样的"错觉"?

我的确经常听到这种说法。知道当年湖南的作家享有"湘军"的盛名吗?我就从来没有被人当成是那支队伍里的一员。记得1990年春天的一天,两位"湘军"中的风云人物被一位出版社的朋友带进我的书房。一阵短暂的交谈之后,其中的一位突然深有感叹地说,"湘军"的风格是不是应该变一变了!他感叹的大概就是我与他们"气质"的不同。后来,"湘军"中目空一切的"猛将"残雪在一些公开发表的文章和谈话里也表达过类似的看法。我的这种"不同"有先天的原因,也有后天的原因。我身上本来就有一半"外省人"的血统,是生物学意义上的"杂种";而我从小迷恋的是哲学,在大学里学的又是科学,也是知识上的"杂种"。

从长沙到深圳,再到蒙特利尔,为什么会有这样的迁移路线?能够详细谈谈这两次迁移的背景吗?还有,这样的迁移会让你感觉疲惫吗?

首先是向南到更热的城市,然后又向北到极冷的城市……为什么会有这样的迁移路线?这的确是一个问题。从长沙到深圳的迁移发生在八十年代的末期。那时候,中国的历史刚刚经历了巨大的震荡。那可以说是我们这一代人至今经历的最大的震荡。它应该就是我第一次迁移的背景吧。第二次迁移的原因表面上显得比较个人,而事实上也与历史有许多的瓜葛。当时我的文学已经获得全国性的关注,因为《遗弃》这部旧作的被发现,因为标志着我的"复出"的那些新颖的作品……但是,我没有被这迟到的名声冲昏头脑。我敏感地意识到中国社会崭露头角的浮躁会伤及我的已经饱经沧桑的文学生命。我必须离开,就像乔伊斯必须离开爱尔兰一样。"生活在别处"是我文学生命的必然逻辑。这种符合生命逻辑的迁移也许偶尔会让我的身体感觉疲惫,但是,它却滋养着我的敏感和警觉,让我的精神一直处于不知疲倦的文学状态。

介绍一下你在加拿大的写作环境吧,与国内的不同之处在哪?

宁静、单纯、孤独、美。还有常年清新的空气,还有永远辽阔的视野:文化和自然的视野……还有什么比这更好的写作环境呢?一个特别的例子,在这将近十五年的异域生活里,我用在饭局上的时间也许不会超过二十四个小时。这应该是"中国之最"

吧。至少肯定是"中国作家之最"。每次想到这一点,我就非常感激自己当年"不远万里"迁移到地球另一侧来的决定。这是正在对中国当代文学做出贡献的决定。

有人形容你的作品带有转型期中国的面貌,与"乡土中国"型的作家风格迥异。你如何看待这种评价?

中国现在已经是城镇人口占优势的国家,"乡土中国"已经是关于中国的成见。而在我的写作里,城乡的差别从来就不存在。我关心的是人,是人丰富的内心。城市人和农村人在我看来都是具有丰富内心的人。我的写作要去发现的是普遍性的人或者人的内心中普遍性的奥秘。我写过一篇题为《春天里最后的那个清晨》的小说。它是我非常得意的一篇作品。这篇长度不到一千五百字的作品中的两个人物都是农民,场景也完全"乡土",但是它绝对不能归于"乡土文学"。我并不同意将我的作品与中国的转型联系在一起的说法。它的存在有文学上更深的逻辑和理据。

有些作家比较倾向于构建一个属于自己的秘密花园,如莫言等,在你的文学世界里,是否也有一个"秘密花园"?

你是说一个如"高密"那样的秘密花园吗?没有。我的人物大都是流动人口,他们都已经走出了地理意义上的"家园"。就连"深圳人"系列小说那种带有明确地理标签的作品也都有意抹去了具体的物质标识,带着"全球化时代"的开放特征。我不关心地理上的秘密,我关心的是心灵的秘密。

在你的作品里,可以明显看出你是从一个"超然"的位置来看待周边所发生的一切事件。这种"超然"好像也体现在你的现实生活中,如你为自己选择了一个纯净的写作环境。这种"超然"会不会让你的写作给人隔岸观火的感觉?

我不是太理解你的这种说法。我的大量作品都是用第一人称叙述的。这个叙述者始终处在生活的敏感部位。他(她)是一个战栗的感受者。他(她)在常人不以为然的地方感受着生活的荒谬和痛苦。同时他(她)对"纯真"、"亲密"和"爱"也充满了渴望。只是到了最近的两部长篇小说中,我才有意安排了"超然"的角色:一个是《空巢》中的"老范",一个是刚在《作家》杂志上刊出的《希拉里、密和、我》中的"王隐士"。而哪怕是在这些"超然"的人物身上,读者也会看到我所倾注的很深的"情感"。看看"老范"半夜里给叙述者写来的那封信。想想"王隐士"为什么要打那么长时间的国际长途……我自己表面上是"超然"于中国的现实生活之外的,因为我住在万里之遥,又舍不得花时间上网,也没有微信和"朋友圈"。但是,这只是表象。事实上,我有我自己特殊的现实，我的写作扎根于这种特殊的现实。这种特殊的现实就是我用自己全部的敏感见证过的中国六十年代中期以来的历史。我曾经是一个极度敏感的孩子，我现在还像一个孩子一样敏感。我对历史有超常的敏感。我能够"超然物外"，但是不可能"超然"于历史之外。

有人认为，中国的写作者一直都有一种期盼，期盼能够获得西方人的认同。这是否也是你自己的期盼？

被西方人认同一方面当然是殖民主义时代留下的病态情结，而另一方面，它却又是文学史本身的合理要求，因为现代的文学成就，尤其是现代小说的发展在很大程度上与欧洲中心主义的确立存在着一种互动的关系。其实，世界上所有用非西方语言写作的写作者都面临着这样的尴尬。而随着西方中心主义作为意识形态的消解和作为市场力量的萎缩，加上全球化时代移民浪潮的冲击，这种尴尬就会出现各种各样复杂的变形。我相信一个写作者克服这种尴尬的最好方式就是怀着对文学传统的极大敬意，直面人类的状况和终极的问题，用文学这种"批判的武器"对人性做出最富独立性的呈现，写出具有普世价值的作品。

你的作品语言、视角和叙述都比较西化，在中国属于"小众"

的作品。西化的因素是不是国内读者理解你作品的一种障碍?

白话文本身就是西化或者试图西化的语言,而在中国占统治的马克思主义本身就是西方的思想。另外,中国现在正在进行的"发展"和"现代化"等等也都是西方的概念。还有,中国的图书市场上从西方语言中翻译过来的作品占有惊人的份额,也就是说中国图书市场"西化"的程度高得难以理喻。从"西化"这个角度是无法解释我在中国的读者接受状况的。也有人说我的写作是"知识分子"(注意:"知识分子"也是一个西化的概念)的写作。这也许就是我"小众"的一个原因,因为"知识分子"在中国(其实在任何国家都一样)是属于"小众"的。更主要地,我想是我与生俱来的独特性和我坚持不懈的独立性让我至今也无法"大众"化。早就有人说,我是中国仅有的无法归类的作家。我一直远离"主流",也不属于任何"小圈子",当然无法归类。我面对的是文学的祖国。我的写作是在文学的祖国里孤独和纯粹的攀援。

那么,西方读者在阅读你经过翻译的作品时,又有什么样的反馈呢?

五年前,我的短篇小说《老兵》被翻译出来之后,蒙特利尔大学一位英美文学的教授写过一段很精彩的评论。那是很符合我的文学理念的评论。那是完全从文学的立场来进行的评论。最近我的"战争"系列小说的英文专辑和我的"深圳人"系列小说的英文译本也获得了类似的"纯"文学的反馈。我一直希望中国的文学能够在世界范围内被当成"文学"而不是其他什么的衍生品来看待。我也一直希望中国的文学在其他的语境里能够从两个方向突破"汉学家"的书斋:一方面是能够引起用不同语言写作的同行们的惊叹,一方面是能够获得用不同语言阅读的普通读者的喜爱。只有这样,中国的文学才真正赢得了世界地位,才真正对人类的文明做出了贡献。我自己作品的翻译才刚刚开始。它们在西方能够获得怎样的"接受"对我还是一个谜。

后记:

这篇访谈于2016年6月17日由湖南凤凰网推出。访谈提纲由记者黄秋霞提供。

走向世界的"深圳人"

你的作品在国内文学界享有盛誉,却长期被翻译忽略,因此有人称你是中国当代文学版图中"被翻译得最少的一线作家"。在全球化的时代,作品翻译的数量和质量对一个作家有特殊的意义。而对一个像你这样主要是生活在外国和外语中的作家,意义当然就更为特殊。你是否思考过你自己长期被翻译忽略的原因?这种忽略是否对你的写作产生过什么影响?

我长期被翻译忽略的原因很多,其中最主要的就是我的写作风格非常特别,超出了翻译家对中国文学的成见。"在翻译中迷失"是我们都很熟悉的现象,而翻译家在翻译之前的"迷失"却很少引起人们的注意。许多翻译家都是"迷失"在对文学的成见之中的,他们很难接受超出那种成见之外的风格不同的作品。翻译对我的忽略当然影响到了我作品传播的范围和我个人的文学"地位",但是它没有也不可能影响到我的写作本身。事实上,在将近三十年文学生涯的大部分时间里,我在国内的文学界也一直处于被忽略的状态。可是我一意孤行,一如既往,一丝不苟……我的写作遵循的是一种强悍和清晰的逻辑,一种内在的逻辑,一种宿命的逻辑。它与我的生命共存亡,而不会受外在的"待遇"的影响。

现在,你的"深圳人"系列小说的英文译本已经在加拿大出版,而不久前,在美国注册的英文期刊 *Chinese Literature and Culture*(《中国文学与文化》)也用一整期全部一百一十页的篇幅推出了你的"战争"系列专辑。从翻译这个特殊的角度来看,2016年是否可以说是你个人文学道路上的又一个"破冰之年"?

2012年被国内的媒体称为是出版界的"薛忆沩年"。那一年,上海的三家出版社出版了我的五部作品。那是我在出版方面的第一次重大突破。随后的四年里,我的出版一直保持不可思议的强劲势头。可是在今年之前,这种势头并没有引起过翻译方面的连锁反应。在今年之前,我只有屈指可数的单篇作品被翻译发表,比如"深圳人"系列小说中的《出租车司机》由《三体》的英译者刘宇昆翻译发表在《路灯》杂志(《人民文学》英文版)上,后来又由莫言的意大利文译者 Patrizia Liberati 翻译发表在意大利使馆配合首届中意文学研讨会印制的宣传册上;另外,"战争"系列小说中的《老兵》曾经被译成英文发表在香港中文大学翻译研究中心出版的 *Renditions*(《译丛》)杂志上,《一段被虚构掩盖的家史》曾经被译成德文发表在《路灯》杂志德文版上。这样的翻译数量不仅见绌于我所有的著名同行,也与我自己这四年来在原创和出版上的多产状况极不相称。2016年,我的文学道路上的确又出现了"破冰"的气象:除了已经出版的两个英文译本之外,瑞典文《空巢》的翻译也已经在按部就班地进行中,法文的《白求恩的孩子们》的翻译也会接踵而至。

因为你的写作在中国当代文学中的特殊性,有人认为你在翻译上的突破对中国当代文学在国际上的传播也应该会有特殊的意义。你自己对这一点有什么期待吗?

曾经以《等待》获得美国国家图书奖的哈金是当今在西方最有影响的出自中国大陆的纯文学作家。他为我的英文译本写下的推荐语反映出他对当今中国的社会状况和文学生态具备深刻的认识。推荐语中的第一句话就用"maverick"一词突出了我特殊的文学状态。我相信这种准确精到又直面文学的推荐会成为我的作品与英语世界的读者之间的桥梁。2012年以来的这四年时间里,我用五部长篇小说、五部短篇小说集和五部随笔作品集将一种特殊的中国经验和文学努力固定在汉语的知识体系之中。这种成绩并不仅仅是我一个人的虚荣,而是一代人关于中国和人性的一种特殊的见证。我当然希望这种特殊的见证获得普世的认同。

"深圳人"系列小说集原来以其中最著名的作品《出租车司机》为名,而英文译本却改用 Shenzheners("深圳人")为名,这是你自己的改动还是翻译家或者出版商的建议?为什么要做这个改动?

其实"深圳人"系列小说 2013 年在国内结集出版的时候我就想过以"深圳人"为名。后来考虑到自己的写法与其他那些同样勾画某一座城市群像的汉语作品有根本的区别,有意划清界限,避开这个题目,所以选用整个系列中最早出现、最为出名,也最能代表深圳人无根生活状态的作品名来命名那部小说集。不过远在"深圳人"系列小说开始翻译之前,我就已经有非常明确的想法,将来的英译本要以 Shenzheners("深圳人")为名。这一方面是为了避开与在英语世界里家喻户晓的奥斯卡获奖影片《出租车司机》重名,更重要的则是为了显示与在英语世界里同样家喻户晓的《都柏林人》(*Dubliners*)的联系。我的写作深受乔伊斯小说美学的影响,对语言的精确控制和对意识的精微把握也被评论家公认是我的写作的特点。《都柏林人》呈现的是囚禁在一座被时间麻痹的城市里的脆弱心灵,而 Shenzheners 关注的也是中国"最年轻"的城市里从来就被文学忽略的脆弱和内心。我很高兴我的翻译者和出版商都非常喜欢这个读起来有点生僻的英文新词。

对深圳来说,这当然是一个具有特殊意义的书名。它用文学的方式将"深圳人"这种身份带上了国际舞台。它让懂英语的"深圳人"今后可以在交流中直接用"I am a Shenzhener."这种简单的方式介绍自己的来历。

文学与生活之间从来就存在着神奇的互动。现在,Shenzheners已经在英语的亚马逊网上开始预售,加拿大的一些媒体上也已经出现关于这部作品的宣传报道。作为在加拿大隐居多年的中国当代文学中的"老兵",我书名生僻的第一部英文译作的出版已经引起了不少人的好奇。关于"深圳人"的宣传活动将于6月4日在首都渥太华举行的一个文学节上正式启动。我相信到时候,我将被问及许多与深圳和深圳人有关的问题,比如我的文学与深圳有什么关系。

这也是我现在想问的问题。

《作家》杂志1988年第八期头条刊出我的中篇小说《睡星》可以算成是我进入中国当代文学版图的标志。但是,我的第一次文学生命只持续了不到三年的时间,它夭折于1991年的春夏之交。经过将近五年的"消失",我于九十年代中期在深圳开始了"重返文学"的艰苦奋斗。深圳是我第二次文学生命的摇篮。"深圳人"系列中的第一篇作品《出租车司机》就是这第二次文学生命中最重要的成果之一。当然,那时候我的创作计划中并没有"深圳人"系列小说这个板块。这个系列小说的想法是2005年初在蒙特利尔准备我的第一部小说集(《流动的房间》旧版)的时候出现在我的头脑中的。

而它的完成更是在很多年之后……那时候,你已经移居异域,为什么深圳会给你带来如此持久的创作激情?

是的,"深圳人"系列小说直到2012年底才最后完成。从1997年的《出租车司机》旧版到2012年底集中完成的《神童》、《剧作家》和《两姐妹》等,整个系列的创作经历了十六年的时间。这其中有十一年的时间我生活在蒙特利尔。事实上,除了《出租车司机》旧版之外,"深圳人"系列小说中的作品都完成于蒙特利尔,也就是说它们都完成于一座另外的城市,一座与深圳相隔着整个地球的城市。每一个写作者都根植于一种或者几种特殊的生命体验。无根的深圳成了我的文学的一个生根之处。我一直认为,上个世纪九十年代的深圳是今天的中国的种子或者原型。能够生根于这样奇特的源头当然是文学的幸运。

但是翻开"深圳人"系列小说,读者马上就会注意到字里行间几乎没有出现深圳的影子。在这些作品中,你不仅没有保留深圳的任何地标,也几乎没有保留普通的街名、店名,你的人物也全都没有名字……毫无疑问,你想呈现的是"看不见的"深圳,是被浮躁和奢华遮蔽的深圳。为什么会有这样的视角?

发现和呈现生活中"看不见的"部分是文学的天职和使命。就像我的其他作品一样,"深圳人"系列小说也重"人性"而轻"物象",亲"内心"而疏"外表",近"边缘"而远"中心"……我相信悲天悯人是文学的品性。我相信文学的责任是示"弱"而不是逞"强"。"深圳人"系列小说中的人物原型都来自我在深圳的生活体验。那些卑微的"深圳人"就是深圳留在我心中的影像。在我看来,他们的不安和困惑远比那些冷漠的地标和符号更有历史感,更具代表性。因此,我将那些影子带到了远方。因此,我将那些影子变成了文学。

如果将翻译理解为是一种再创作,"深圳人"系列小说的创作过程可以说就一直延续到了今天,甚至还将要继续延伸到未来。因为你对英语有丰富的知识,我相信,你在翻译过程中一定有深度的参与。这无疑是中国当代文学翻译过程中罕见的例子。能不能谈一谈这方面情况?

"深圳人"系列小说的翻译者 Darryl Sterk 是当代汉语文学作品最优秀的英译者之一,他是加拿大人,但是长期在台湾大学的翻译系任教。我们是 2014 年在蒙特利尔的"蓝色都市文学节"上认识的。当时他作为台湾作家吴明益的译者来参加关于《复眼人》的活动,而我与吴明益的对话也是那一年文学节上的活动之一。能够遇上一位如此优秀的译者是"深圳人"系列小说的幸运。去年夏天,读到《村姑》翻译初稿(从《村姑》开始翻译是我的建议),我对整部作品的翻译质量就已经充满了信心。整部作品的翻译初稿是今年1月底完成的,当时我正在全力写作我最新的长篇小说,只是粗略地浏览了一下,提出了几点浅表的修改意见。你说的"深度的参与"直到清样的独立审读都已经完成之后才开始。那是今年3月初的事情。当时我已经完成最新的长篇小说,有时间和精力转向另一种形式的攀援。我一字不漏地通读了已经被专家审读过的清样,发现了几处关键性的误译和一些形式上的小错,提出了比较深入的修改意见。有意思的是,有两三处地方,我们遇到了无法解决的语言之间的冲突,必须完全抛开原文。还有,《小贩》的翻译因为涉及语文课的背景材料,有特殊的难度。有一个细节,翻译家、出版商和我一直纠缠到了付印的前夕才妥善解决。在最后一轮定稿完成之后,我又一次通读了全文,确保万无一失。那真是一段疯狂的时间,我经常工作到深夜,然后又在凌晨起来继续工作,有点堂吉诃德读骑士小说的劲头。而我却感觉不到劳累,因为与翻译家和出版商就语言和翻译的探讨充满了智性的乐趣。我感激他们。他们对我的苛求和"洁癖"的耐心让我看到他们对文学的敬意和激情。这种"深度的参与"对我其实是一种学习的过程,我从中学到了很多用其他方式不可能学到的东西。

你刚才提到了你的出版商……

我的出版商 Linda Leith 有很高的文学品位和很深的文学情怀,同时又非常谦恭和幽默。她是文学的研究者,接受过严格的学术训练,本科以最优异的成绩毕业于麦吉尔大学哲学系,随后又从伦敦大学获得英国文学的博士学位;她又是文学的实践者,曾经写过三部小说,还曾经翻译过法语小说;她更是文学的推动者,1997 年在蒙特利尔创建了知名的文化品牌"蓝色都市文学节",并且长期担任文学节的主席和艺术指导。2001 年离开"蓝色都市文学节"之后,她创立了以她自己的名字命名的出版社。我们的第一次见面是在她关于加拿大作家伽兰(Mavis Gallant)的专题报告会上。伽兰是与门罗齐名的一代短篇小说的宗师。与门罗获得诺贝尔奖之前的情况相似,她在中国却不为人知。当时,伽兰刚刚去世。作为她最早的研究者和朋友,Linda 的报告很有"个人魅力"。我们的第二次见面是在离报告会地点不远的一家咖啡馆里。那一次我们有围绕着文学展开的深入交谈。我欣赏 Linda 的文学品位和观念。我更欣赏她对文学矢志不渝的激情。她告诉我,她的博士论文研究的是贝克特的英语小说。她关于那位现代派大师简约主义幽默又精准的描述给我留下了很深的印象。那一次我们就谈到了我们未来的合作。当时,她首先想到的还只是以《遗弃》为主线对我做一个访谈。她很快就将问题发过来了。但是因为忙于写作,我一直没有作答。后来,一个偶然的机缘将我们引到了出版"深圳人"系列小说的想法上。这个想法很快就被付诸实施。我们的合作不仅进行得非常顺利,还是一种精神的享受。

蔡皋是中国当代最优秀的绘本画家。她的插图无疑也是"深圳人"系列小说英文译本的一个亮点。你为什么会想到请她来为你的第一本英文书插图?

我与蔡皋1986年就已经相识。《故乡的真迹》是我关于她的随笔。我在里面谈及了我们至今已经将近三十年的友谊,这里就不再重复了。最近这些年来,我一直有一个强烈的愿望,希望能够有机会将这种充满精神力量的友谊固定在一部作品里。《与马可·波罗同行》第一个版本出版之前,我曾经想让她为那五十五座城市作画。去年三联版出版之前,我又想到过选用她的一些作品来做插图。这两个想法最后都没有实现。这一次也是到翻译的定稿都已经完成的时候才突然出现了插图的想法。我很高兴这个想法立刻得到了出版商的支持和蔡皋本人的赞同。但是,插图的创作过程并不顺利。经过了反复的周折,到最后几乎要放弃的时刻,蔡皋本人才找到令她自己满意的方案。这也是令各方都非常满意的方案。这也是一份带有宿命色彩的方案:我们将近三十年的友谊终于留下了一个充满美感的"物证"。

我注意到英文译本中没有《同居者》、《女秘书》和《文盲》这三篇。为什么将它们排除在外?

将这三篇作品排除在外主要是为了控制译本的篇幅。当然,为什么是这三篇而不是其他的三篇,也还是考虑到了作品的内容与读者的接受之间的关系。现在想来,《女秘书》其实是应该包括在译本里面的,因为这篇作品里出现过搭乘"出租车"的场面,与《出租车司机》一篇有神秘的关联;而"朝鲜战争"又是其中的一条线索,这又与《小贩》建立了特殊的联系。

你是一位同时擅长短篇和长篇的作家。一般说来,短篇小说集远不如长篇小说那样能够引起读者和市场的兴趣。你的下一部英文翻译作品会是什么呢?

前面说过,"深圳人"系列小说成为我的第一部英文译作完全出于"一个偶然的机缘"。我与出版商之间已经多次讨论过下一部作品的出版问题。它当然是一部长篇小说。但是,究竟是《空巢》还是《白求恩的孩子们》,还没有最后决定。而因为我最新的长篇小说是一个关于蒙特利尔的离奇的"爱情故事",它会不会以近水楼台的优势而捷足先登?这又是一个新的问题。

前不久,由北京三联书店推出的"薛忆沩文丛"的首批三种已经出齐。刚才你又提到了你最新的长篇小说,它也应该马上就会出版。这么说来,2016年不仅是你在翻译方面的"破冰之年",也是你在出版上的又一个丰收之年。你这种强劲的创作和出版势头已经维持五年了,你会有疲惫的感觉吗?

我最新的长篇小说《希拉里、密和、我》已经在《作家》杂志第五期上刊出。它的单行本将在今年的上海书展上与读者见面。同时出版的还将有随笔集《伟大的抑郁》以及长篇小说《遗弃》的最新版。我在前不久回国的时候已经用短短的二十天时间读完了这三部书稿一共将近一千页的清样。的确,就像2012年一样,今年又是我在出版上的一个丰收之年。五年出版十六部作品!这不是一个普通的纪录。我当然会有疲惫之感。我也经常梦想着能够"软着陆",能够有时间去享受正常人的生活。但是,灵感总是从天而降,我总是别无选择。

....

后记:

2016年6月19日发表于《深圳商报》"读书周刊"。访谈提纲由记者刘悠扬提供。

"最神圣的事业"

一直以来,薛忆沩都被视为"中国文学最迷人的异类"。他以独特的方式在中国当代文学世界里建构了一种"哲学模式"。这种模式彰显丰富又复杂的"内心的风景",并因此呈现现实的广度和深度。当然,薛忆沩也是一位精英意识浓郁的写作者。他睥睨一切尘世的粗浅和鄙薄,虽知音者稀,却也透露出柔弱而坚定的锐意。最近,随着"薛忆沩文丛"三种由北京三联书店出版,"深圳人"和"战争"系列小说在英语世界里亮相以及最新长篇小说《希拉里、密和、我》在《作家》杂志上的发表,我对薛忆沩从事的"最神圣的事业"有了更深入的理解。这次对话就是在这样的背景下开始的。

用一个句子大体勾勒一下您的人生经历:您出生于郴州,四个月后迁回长沙,在那里长大,然后在北京接受高等教育,毕业后被分配到株洲的国营工厂,不到一年时间又回到长沙,在政府机关工作,其后辞职南下深圳,先到民办公司上班,后去广州攻读博士学位,完成学习之后又回到深圳,在大学任教,教书六年之后,移民加拿大,定居于蒙特利尔。我的感觉是,您始终是在追求,抑或逃离的路途之中。您如何评价这一路走来的曲折?在这个过程之中,文学以及文学创作在您生活中处于一个怎样的位置?

我喜欢自己出生的年份和月份,因为它与莎士比亚的出生正好相隔四百年。而我的记忆是与七十年代一起开始的。这具有特殊意义的开始对一个写作者也是极大的幸运,因为它将波澜壮阔的历史和政治烙印在记忆的最深处,最终也决定了写作者观看世界的方式和角度。在随笔《一个年代的副本》中,我已经逐年清点过七十年代的历史与政治对我文学生命的影响,这里就不再重复了。生命中的第一次逃离出现在1983年,那一年秋天受极"左"的政治形势冲击,我产生了强烈的厌学情绪,从北京逃回到了长沙。那只是一次短暂的逃离,它在一星期之后以我的妥协而结束。第二次逃离发生在1986年,是从位于株洲的国营工厂的逃离。这一次我是以极端的方式让"城堡"似的体制向我做出了妥协。这第二次逃离已经与文学关系密切了,或者说,这时候,文学已经成为我生活的中心和抉择的理据,任何其他的诱惑对我已经不起作用。如何评价这一路走来的曲折?我想我现在不可思议的"文学状态"和层出不穷的"文学作品"就是最好的评价。

我是通过长篇小说《空巢》才开始了解您的小说创作的。记得那是在2014年,是从《花城》杂志上读到的这部作品。当时感觉非常惊艳:竟然还有作家以如此绵密繁复的方式去触及现实与历史!《空巢》的独特之处在于,它从极为表象的现实事件入手,切入到时代和个人的精神肌理之中。小说巧妙地将一种无法排遣也无处寄托的孤独体验恰到好处地落实到一个极为流行的社会议题之上,从容自然地传达出寻常事件不同寻常的悲剧意义。在这个意义上,《空巢》尽管是一部贴近现实的作品,关心的却不是浅表的外部现实,而是个体生命内在的真实。沿着这个方向,我想问,您是如何看待小说与现实之间关系的?小说应该在何种意义上呈现那难得一见的"现实感"?

语言不应该以抓住字面意义上的"现实"为己任。语言也无法抓住字面意义上的"现实"。这一点,尼采早就已经看到并且据此还在《偶像的黄昏》里表示过对语言的"轻蔑"。我一直很不理解人们关于小说与现实关系的议论。我一直觉得这种关系的存在是一种学术的成见甚至幻觉。我一直觉得对这种关系的焦虑是功利的,是会阻碍小说艺术的发展的。小说作为意识活动的一种记录当然与现实之间存在包括生理意义上的隔阂。而小说作为关于"故事"的叙述也同样与现实之间存在着不可克服的距离。汉语的"故事"一词已经表明了这一点。是的,小说应该呈现"现实感"。这种呈现甚至可以说是小说的精髓。而这"现实感"事实上就是关于人类存在的意义或者没有意义的"通感"。这种具有普世价值的"通感"主要体现于个人命运的悲剧性。历史的深度和哲学的高度是小说寻找这种通感的工具。《空巢》的可贵之处也许就是找到了这种通感：它既是一次关于"骗"的历史考察，又是一轮关于"空"的哲学思辨。它将身处不同"现实"中的读者带进了同一段美的历程。

在关于您的一篇专论中，我用"内心的风景"来概括您小说的基本特质。在我看来，您的小说无论写历史、写城市，还是像《与狂风一起旅行》所标识的那样写"两性关系"，都致力于人物内心的开掘，而不是单纯的表象叙事。您是如何理解这种"内在化"的写作方式的？

从七十年代末期开始，西方存在主义哲学和现代派文学涌入中国，为经过"十年浩劫"之后饥饿而迷失的心灵提供了精神食粮和"批判的武器"。这是我的"内在化"写作方式得以生根的"大环境"。存在主义哲学和现代派文学又都可以说是"现象学"的通俗形式。"现象学"最大的野心就是要纠正西方哲学自笛卡尔以来割裂精神和物质的所谓"二分法"。"内在化"的写作方式继承了"现象学"的传统，它通过人与历史和现实互动的意识活动来认识人的处境。这种意识活动不仅为文学提供内容，还为文学提供形式。它是文学的根。这种"内在化"写作方式还有另外一个重要的历史条件,就是我们这一代人在青春期之前经历的中国现实。我一直觉得能够在史无前例的"浩劫"中度过童年和少年时代是一个写作者的幸运。那时候的人处在极端的精神状态,每天都在进行"灵魂深处的革命",而那时候的物质又十分匮乏、生活也非常简朴,对灵魂的观察不会受太多浮华和虚荣的遮蔽。作为一个高度敏感的孩子,我记忆的深处自然会积淀无数"内心的风景"。在《一个年代的副本》里,我说"语言"和"死亡"是七十年代留给我的两大遗产。这两大遗产也是"内在化"写作方式的根基。

众所周知,您喜欢不断"重写"自己过去的作品。在中国当代文学中,恐怕还没有第二位如此固执的完美主义者。"重写"不仅能够弥补过往的漏洞,凸显作品的精华,更重要地,它表明了一种文学的态度。您的长篇小说《遗弃》很快又要再次出版。这中国当代文学中的传奇将第三次"升级"。您究竟是基于什么原因而要对自己的旧作实施"重写"?能简单谈一下您对《遗弃》的"理想读者"有怎样的期待吗?

还是可以回到刚才提到的"语言"和"死亡"这两个关键词。一方面,"重写"是我与母语之间感情纠葛的必然结果。2008年前后,也就是离开母语环境六七年之后,我对汉语的感觉发生了奇妙的变化。这种变化很快发展到了对自己的旧作(特别是那些被人称赞的旧作)忍无可忍的程度;另一方面,"重写"也是我对"死亡"的一种反抗。这种反抗当然也是一种存在主义情结,加缪在随笔《西西弗神话》里有过深入的讨论。我的"重写"大概开始于2010年。到2015年初,它几乎已经覆盖我在2010年之前发表过的全部虚构作品,这其中包括了大部分"战争"系列小说,一部分"深圳人"系列小说,前两部"十二月三十一日"小说以及长篇小说《一个影子的告别》和你刚才提到的《遗弃》。我原来以为随着两部"十二月三十一日"小说的完成,我的重写就可以告一段落了。没有想到很快,重写的战火又继续蔓延到了《文学的祖国》里。我对这部出版于2012年的随笔集的重写分两步完成,首先完成的是其中关于文学和文学家的那些作品,它们已经结集成《文学的祖国》(新版)由北京三联书店出版。八个月之后,我又对其中"非文学类"的作品进行了重写。它即将以《伟大的抑郁》为名结集出版。遗憾的是,因为这些作品里涉及一些敏感的人物和话题,这次"重写"的结果并不能完全由我决定。《遗弃》的最新版本也很快就要出版。这个版本与2012年获得"年度十大好书"的前一个版本之间没有太多的变动。《遗弃》的确是中国当代文学中的一个传奇。将近三十年过去了,它的文学价值还在不断被学者和读者发现,它的"理想读者"还在不断涌现。个体与社会的冲突是全部现代派文学的主题,也是《遗弃》的主题。所有对生命的意义有困惑和有思考的读者都是这部作品的"理想读者"。

《文学的祖国》(新版)是一部有关文学大师的阅读笔记。在这里,您立足于写作背后的故事,聚焦于作家个体的命运,而没有太多涉及那些"文学鉴赏"的元素。或许在您看来,文学大师们的人生经历才是他们最为精彩的艺术作品?我一直隐隐地觉得,在对大师们精彩纷呈的人生经历的叙述中,您将您自己的生存经历和写作经验也很自然地呈现了出来:比如流亡作家纳博科夫,通过语言的"变节"与"再生"而成为文学史上永垂不朽的大家;比如黑塞对"爱国主义"的反感与蔑视,他不安的灵魂与祖国的紧张关系,为此他一次次"逃离",又一次次深陷险恶的漩涡……这些都会让读者产生许多的联想。我想知道,这种与文学大师生活的比照,会不会让一个写作者对"文学的祖国"有更充分的理解?

尽管我认同符号学的批评理论,却一直不能接受"作者之死"的看法。写作始终是与写作者命运密切相关的事业。"作者"没有死,也不可能死。他们始终与他们"不朽"的作品联系在一起。作者的这种"不朽"状态也是写作这种事业最为诱人的因素。是的,我在叙述大师们的命运的时候,也会去审视自己的人生。在大师们的命运中发现写作的宿命对一个孤独的写作者是莫大的安慰。昨天我在收音机里听到一个对英国作家巴恩斯的精彩访谈。访谈围绕着他刚出版的以肖斯塔科维奇的生平为素材的小说展开。让我深有感触的是,巴恩斯列举的作曲家生活中的那些细节也恰好是我在读他传记的时候感触最深的。这不是偶然的巧合。我相信,优秀的写作者对生命和生活会有相同的敏感。这种敏感是生活在"文学的祖国"中的"世界公民"的共同特征。一个命中注定的写作者一定会在大师的经历中看到自己的经历,尤其是会在大师经历的艰辛和苦难中看到自己正在经历的艰辛和苦难。这种代代相传的艰辛和苦难是文学最值得敬畏的光荣传统。是的,从自己的生活走向大师的生活,我对文学悲天悯人的情怀和百折不饶的意志有了更深的理解,我对"文学的祖国"有了更深的理解。我相信写作是最神圣的事业。这种狂热的信仰不仅是我在文学道路上孤独前行的精神支柱,也在我的作品里留下了理想主义的痕迹。

您将卡尔维诺的《看不见的城市》放在您特制的显微镜下,字斟句酌,一丝不苟,完成了您"与马可·波罗"神奇的"同行"。究竟是什么原因促使您写出《与马可·波罗同行》这样一部作品的?仅仅是因为您在前言中提到的,"许多中国读者看不懂那部意大利名著"吗?或者是卡尔维诺这类当代中国极为稀缺的作家,对您具有什么特殊的意义?

我开始写作这部作品的时间是在2008年前后。当时,我正在为《南方周末》写读书专栏。写作这部作品是我为了保住敏锐的语言感觉而给自己出的"附加题"。也就是说,促使我写出这部作品最初的原因其实非常"功利"。这是难度很大的写作。我的汉语感觉的变化,或者说我对汉语的发现,就是在这次极限运动般的文学实践活动中完成的。前面已经谈到,对母语感觉的变化是引发我"'重写'的革命"的导火线。《与马可·波罗同行》因此在我的文学道路上占据特殊的位置。卡尔维诺在原作中让马可·波罗用魔幻的语言和神奇的叙述改变了一代帝王对生命的认识。我的解读也是想引导普通的读者走近小说的认知功能。这应该说是我写作这部作品深层的动机。小说一方面是审美的对象,另一方面又是"批判的武器",它帮助我们认识世界,认识生命。将"审美"与"批判"结合在一起就是卡尔维诺这一类充满理想主义情怀的作家对中国的特殊意义。作为审美的对象,小说必须有精准的语言、精美的结构、精微的思绪、精深的情怀;而作为"批判的武器",小说必须以高度的自觉去探究历史的根源和人性的奥秘。在《看不见的城市》的一开始,忽必烈对生命充满了忧虑,对权力充满了困惑。马可·波罗的见识和叙述完成了对帝王的教育,同时也让我们这些平民感觉如同经受了洗礼。这就是卡尔维诺这一类作家的境界:他们的作品既保留了文学高贵和庄严的体态,又充满悲悯和温暖的情怀。

最近,您的"战争"系列小说被英文《中国文学与文化》杂志用一整期全部的篇幅推出,而您的"深圳人"系列小说英文版同时也在加拿大出版。这些作品已经在英语世界引起了一定的反响,包括哈金在内的一些作家和学者对您的小说都给予了高度评价。然而我们知道,中国小说的翻译问题一直都具有争议,一方面,多数人会认为汉语小说独特的韵味具有"不可译性";另一方面,中国的故事又很难逃脱被刻板理解为中国现实或历史的命运,成为西方汉学家猎奇的对象。在这个意义上,您是如何看待您的小说的翻译前景的?

任何一种语言"独特的韵味"都是不可翻译的。要知道我们从西方语言中翻译过来的那些经典作品也丢失了原作多少"独特的韵味"啊。十九世纪俄罗斯的文学对世界文学和世界本身都产生过巨大的影响,这是稍有文学常识的人都知道的事实。但是,美国大批评家威尔逊曾经在一封给纳博科夫的信中指出,十九世纪俄罗斯文学的英译其实非常糟糕。从这个例子可以看出,糟糕的翻译并不见得就会影响作品的传播。翻译单纯从语言层面上看就是一个很复杂的问题。而在全球化的时代,在我们的日常生活越来越依赖翻译的时代,在越来越多的中国人懂外语而越来越多的外国人懂汉语的时代,在文学作品越来越多,而读文学作品的人却越来越少的时代,在世界上各种语言的写作水准和阅读趣味都在下降的时代,翻译的问题就变得更加复杂了,它不再单纯是语言的问题了,它还是经济的问题,政治的问题……在中国当代文学中,我是"被翻译得最少的著名作家"。这种被忽视的状况现在已经引起不少人的关注。不久前,在我的"战争"系列小说出版之后,还有德国和法国的学者在美国俄亥俄大学关注中国文学的网站上为我"鸣冤"呢。我在访谈中也经常被问及我对这种状态的看法。我知道这其中的原因很多。我也并不认为这是什么坏事。这种状况可能说明我的作品超越了某种文化上的偏见。我希望我的作品被西方普通读者当成文学作品来看待,而不仅仅是汉学家研究中国社会或者政治的辅助材料。这也就是我为什么特别愿意与那些不懂汉语也对中国文学没有任何知识的读者和学者讨论我的作品的原因。那是"纯"文学的讨论。是的,从今年开始,我被翻译的状况出现了明显的改观,我相信这种势头会持续下去。

另外一个相关的问题是,您本人长期在国外居住,平时也大量阅读英文小说和学术作品,有没有打算尝试英文写作?

这也是经常被人问及也令我十分沮丧的问题。用英语写作一直是我的野心。我的《白求恩的孩子们》最开始就是用英语写成的。尽管它可以在写作课上得到 A+ 的成绩,离我自己期待的水准却还相去甚远。后来用汉语"重写"的时候,我更是感慨,知道自己很难再有勇气去做第二次尝试。

《作家》杂志第五期刚刚刊出了您最新的长篇小说《希拉里、密和、我》。单从小说的题目,我就感觉它与您过去的那些长篇小说可能大为不同,这让我非常好奇。在北京三联书店关于"薛忆沩文丛"的活动现场,您提到这部作品呈现的是一个离奇的"爱情故事"。您还提到,国内一家著名杂志的编辑认为小说的"浪漫"风格与中国人的生活状况和阅读趣味都已经脱节。您能简单地介绍一下这部新作的一些情况吗?

《希拉里、密和、我》是我的第五部长篇小说,也是能够在国内出版的第三部长篇小说。它写的是一个行踪诡异的西方女人,一个身世神秘的东方女人和一个因妻子的死亡及女儿的离去而濒临崩溃的中国男人在蒙特利尔天寒地冻的皇家山上发生的一段奇特的"三角关系"。三个生命背后的"真相"都与中国沉重的历史和浮躁的现实纠结在一起。而三个生命的相遇交织着人类最古老的喜悦和悲伤:爱的喜悦与悲伤。这只可能发生在全球化大时代的故事是一个冬天的童话,更是一个时代的神话。2011年的冬天,我就在皇家山上遇见了这部小说中的两个原型。当时我正因为长篇小说《白求恩的孩子们》无法在国内出版而陷入绝望的情绪,每天都要靠去皇家山上溜冰来维持自己低下的"生趣"。有一天,小说的两个原型突然出现在我的眼前。她们不仅激起了我的文学想象,也激起了我对生命的好奇。尤其是那个坐在轮椅上,坐在寒冷中,却不停地写作的东方女人……她让我为自己对写作和生活的绝望而羞愧。我与这两个原型并没有太多的接触,但是我从一开始就知道她们将会给我带来一部新的作品。去年11月2日,也就是小说的原型出现将近五年之后,灵感终于到来。当时,我又是刚在从北京到多伦多的加航航班上坐下,就像两年前《空巢》出现的时候一样。一种以人名为标志的轮回结构清晰地浮现在我的头脑中。我知道它就是这部小说一直在等待的结构。小说的发表过程经历了《空巢》同样的曲折。但是,当拒绝过《空巢》的那家杂志用小说的"浪漫"风格与中国的"现实"不符为理由拒绝这部作品的时候,我已经没有当年那么失落和恐慌了。我有的只是一点点伤感,因为我意识到我的祖国可能真的与"文学的祖国"越来越远了。

后记:

这篇访谈发表于2016年7月5日出版的香港《凤凰周刊》杂志。导言和问题由中国社会科学院文学所研究员徐刚提供。

迷宫里的文学、历史和哲学：重读《遗弃》

时间是北美东部时间2016年6月15日早上10点30分，地点是位于蒙特利尔著名的圣约瑟夫大教堂东侧的那家名为"罗兰公爵"的咖啡馆。一场关于《遗弃》的讨论在《遗弃》的作者与它的两位"理想读者"之间展开。称他们是"理想读者"是因为他们都接受过专业的哲学训练，又都有比较丰富的历史知识和比较敏锐的历史感觉，也都对文学和写作有较大的兴趣，与"业余哲学家"（《遗弃》主人公）的精神世界有不少的相通之处。另外，他们都是中国八十年代生活的亲历者，对《遗弃》的时代背景有直接的感受。还有，他们又都像《遗弃》的作者一样，不仅背弃了自己的专业，也远离了自己的祖国，对"遗弃"这种人生选择有共同的体会。

讨论在下午2点20分结束。从咖啡馆往住处走的路上，我突然意识到北京时间已经是6月16日的凌晨。6月16日是著名的"布鲁姆日"。1904年的那一天，布鲁姆在都柏林街上的行走与人类历史上最悲壮的"回家"遥相呼应，因此升华为了文学史上最壮观的传奇。这一巧合让我对往日的文学和眼前的街景产生了更为奇特的幻觉。

这场围绕文学、历史和哲学的讨论是对《遗弃》的一次重读。在讨论即将结束的时候,我建议两位"理想读者"回去之后将他们的问题整理出来,由我再重新做一次更为系统的书面回答。我很快就收到了他们的问题。提问者刘健巍(1991年本科毕业于复旦大学哲学系,1994年研究生毕业于北京大学哲学系,2001年移居蒙特利尔)的问题涉及面比较广泛,我只好先将它搁置起来。下面这一段访谈是在提问者张汉英(1993年本科毕业于四川师范学院历史系,2001年研究生毕业于北京大学哲学系,2011年移居蒙特利尔)提出的问题的基础上完成的。

《遗弃》成为文学的传奇当然要归功于何怀宏教授在1997年最后一期《南方周末》上的推荐。当时,您还是名不见经传的作者,《遗弃》还是无人问津的作品,而何怀宏教授却已经是知识界的明星。在阅读《遗弃》的过程中,我一直在思考何怀宏教授与《遗弃》的关系。我听过何怀宏教授的课,对他的人格魅力有过近距离的感受。我觉得他儒雅的外表之下强烈的批判精神和坚定的独立意志与《遗弃》的气质十分契合。而且,何怀宏教授也喜欢"片断式"的哲学思考,这种风格与《遗弃》的文体也很亲缘。在我看来,《遗弃》由何怀宏教授"发现"是一种历史的必然。您同意我的这种看法吗?

《遗弃》是文学作品,却首先由哲学家"发现",这是中国文学史上罕见的例子,也被看成是它的"传奇"之一。在西方文学史上,这样的例子倒是不少,如弗洛伊德"发现"了黑塞,萨特"发现"了加缪,海德格尔"发现"了策兰……其实最早"发现"《遗弃》的是当时任职于中国社会科学院哲学研究所的周国平研究员。他在1989年春夏之交读到刚刚出版的《遗弃》之后,就对它给予了激情的肯定。后来,也是通过他的推荐何怀宏教授才知道了《遗弃》的存在。那已经是1997年夏天的事情。我现在还清楚地记得在深圳大学文山湖边的林荫道上,何怀宏教授第一次听到《遗弃》的时候的那种专注又惊喜的表情。还有就是武汉大学的邓晓芒教授。这些年来,我几次听《遗弃》的读者说,他们是从邓晓芒教授的西方哲学课上知道这部中国小说的。当然,是何怀宏教授的"发现"和"推荐"让《遗弃》变成了中国知识界的话题,开启了《遗弃》至今还在延伸的"传奇"。一位知识界的大明星对一位不知名的作者的旧作(而且是已经沉寂多年的旧作)发生浓厚的兴趣,不仅仔细地去审读,还激情地去推荐,这的确不像是中国的"现实"。这样的事件的确只能从历史的维度上去考量。后来,《遗弃》每隔一段时间就要重新变成"新闻",反复冲撞文化的边界,不断刺激阅读的兴趣,这也好像是只有"历史的必然"才可能具备的活力。

《遗弃》的主人公图林是一位具有独立意志的"业余哲学

家",这让我想起了对我的人生产生过根本影响的高尔泰先生。还在青年时代,高尔泰先生就作为"唯心论"的代表卷入了1956年的"美学大讨论",从此与"政治"结下不解之缘,始终都在遭受着世界的"遗弃"。一生充满悲剧色彩的高尔泰先生无疑是那个年代中国知识分子的"典型"。相比之下,图林遭受的"遗弃"一方面变得琐碎和世俗了,一方面却又变得更加抽象和精致。他没有直接卷入政治,因此他的生活也缺乏悲剧色彩。这种差异是由性格造成的,还是由历史造成的?

你在用真实的人物与虚构的人物做比较,这很有意思。我想性格和历史在这里都发生了作用。高尔泰先生虽然不断被世界"遗弃",却始终是一个斗士,始终在以英雄的姿态捍卫个人的尊严。这当然取决于他的性格。而图林不是一个斗士,他捍卫个人尊严的方式是"遗弃"世界,是最后的"消失"。他不是英雄,他不是斗士,他只是一个普通的人,一个渺小的人,一个在混乱的世界里痛苦地挣扎着的人。他的行为甚至经常还会带有"反英雄"的痕迹。高尔泰先生的写作会让读者感受到檄文的气势,而图林留下的"见证"却非常内向,非常脆弱。这也是由他的性格决定的。但是另一方面,历史在这里也发挥了重要的作用。高尔泰先生之所以成为中国知识分子的"典型"可以说是因为他"生逢其时":他显露头角的五十年代是黑白分明的时代,是唯物主义与唯心主义界限分明的时代。他是被历史选中的人,注定要因为思想而受难,注定要成为与邪恶搏斗的英雄。而图林生活在传统的价值体系濒临瓦解的八十年代。他没有明确的敌人。他不可能成为高尔泰似的英雄。可是同时,图林却又因为极度的敏感而与世界格格不入。他的处境也许比英雄所面对的要更为险恶,因为他好像生活在"四面楚歌"之中,甚至一只小小的蚊子都能够惊扰他的心灵,引发他的思辨,强化他的危机。他遭受的"遗弃"从精神到世俗,战线拉得很长。也可以说他其实是有敌人的:他的敌人就是生活本身。从这个意义上说,他所要对抗的世界事实上要大于对抗高尔泰先生的世界。图林没有直接卷入政治。他对他那些与政治发生正面冲突的艺术家朋友甚至抱有一种不屑的态度。他相信"任何制度都不可能挽救人的危机"。他相信文学高于政治。这种立场不仅决定了他反抗的方式,也决定了他写作的质地。八十年代成熟起来的一代中国知识分子在"浩劫"中度过了自己的童年,又在西方哲学(尤其是存在主义)的冲击下走完了自己的青春期,面对剧变前夕的中国社会,他们肯定会与前辈知识分子有不同的疑惑和不同的反应。

您刚才提到了存在主义。在阅读《遗弃》的过程中,《局外人》常常进入我的视野。很多读者看到的都是两者之间的相似性,我一开始也是这样。但是越往后读,我就越觉得它们之间其实存在着一种特殊的差异。简单来说,这是一种"存在境况"上的差异。如果说"存在"是一场持久战,《局外人》就处在战争即将结束的阶段,它的主人公身心已经极度疲惫,对包括死亡在内的一切都已经无所谓了。而《遗弃》则处在战争最血腥的阶段,它的主人公还有很强的求生欲望,还在敏感地关注着身边的一切,好像每一个细小的干扰都会影响到战争的结果。如果把这两部作品的主人公当作是同一个人,那么,《遗弃》应该是在故事链条上位于《局外人》之前的作品。您同意我的这种看法吗?

1989年6月下旬,我惊喜地收到了《遗弃》的第一封"读者来信"。这封信来自北京,来自中国社会科学院哲学研究所。周国平研究员在这封信里对《遗弃》做了三个界定,"我们的《局外人》"就是其中之一。后来,我也经常听到读者将《遗弃》与《局外人》相比较。但是正如你所说,他们注意到的都是两者之同,而你注意到了它们之间的差异。我同意你的这个看法。《遗弃》的主人公还在寻找出路,也还有言说的欲望。他对人间的温情和大自然的纯净还充满了感动。他为自己选择的结局既没有涉及暴力,也没有伤害他人。而《局外人》的主人公是彻底的"局外人",他对一切都很漠然,包括自己的生命。大自然不仅不能让他平静,反而让他更加暴躁。他的结局也是对自己和他人的暴力。还有一点差异也很重要,《遗弃》其实是具有浓厚"中国特色"的作品,这一点周国平研究员在第一封"读者来信"里就已经强调。后来,另外一些"理想读者"也有提到。《遗弃》的"中国特色"表现在许多方面,其中没有涉及"罪"与"罚"的关系可能是很重要的一点。相比之下,《局外人》的后半部从一个很特殊的角度介入了"罪"与"罚"的思考,延伸了陀思妥耶夫斯基以来西方文学正典的传统。还有一个伤感的例子也可以作为小说"中国特色"的证明。2012年11月,在深圳书城举办的"年度十大好书"颁奖仪式之后,一位读者将一本已经翻旧的《遗弃》递过来让我签名。我一边签名,一边随意地问她为什么会喜欢这样一本不很好读的书。她稍稍犹豫了一下,用低沉的声音说因为小说的主人公很像她弟弟。我接着又好奇地问他弟弟后来怎么样了。那位读者犹豫了一下之后,还是用低沉的声音说:"他自杀了。"说完,她就转身走开了……

"混乱"是《遗弃》的一个关键词。仅从这一个词,文学史家就可以将《遗弃》定性为是一部"预言性"的作品,因为这个词可以用来标示今天中国社会甚至整个世界的"常态"。图林的"混乱"感有许多的来源,其中包括出现在媒体(报纸和电视)上的那些离奇事件。以今天网络时代的标准,那些事件连小巫都算不上。但是,对敏感的"业余哲学家"它们已经足够让他看到世界的走向了。而对"父亲"、"战争"和"性"的体验也是图林"混乱"感的重要来源。我觉得"父亲"是《遗弃》中最重要的象征。这个象征是小说中文学、历史和哲学的交汇点。不知道您是否认同我的这种看法。

"父亲很早就在敲门"是图林留下的"关于生活的证词"里的第一个句子。也就是说,《遗弃》的主体部分是从"父亲"开始的。这是不是有点像贝多芬第五交响曲那种"命运在敲门"的开始?这是不是有点像《哈姆莱特》那种人鬼通灵的开始?在我看来,"父亲"是权力的象征,而父子关系是一切权力体系的基础。我们这一代人从极权时代走过来,从小就受到"父亲"的压制。到了八十年代,伴随着改革开放的进程,"父亲"的地位已经开始发生动摇。《遗弃》中"父亲"在家庭生活中边缘化的状况正好与这种历史进程相对应。但是,对"父亲"的记忆和恐惧并没有随之消失。父亲犹豫不决地走进了图林的房间,他"关于生活的证词"因此就一直笼罩在"父亲"的阴影之中。你应该已经注意到,《遗弃》是由三种不同的材料构成的作品:一是图林关于日常生活的叙述,一是图林关于思想活动的叙述,一是图林自己的创作或者说关于想象的叙述。在这三种不同的材料里,"父亲"都是被考问的对象。而图林自己的创作对"父亲"这一主题的呈现尤其值得注意。可以说,图林的每一篇作品都涉及了"父亲"的问题。其中最后一篇就以《父亲》为题。它是一篇寓言性极强的作品。它是一篇以"埋葬父亲"为主题的作品。一开始,父亲的骨灰变成了一条剧毒的蛇。蛇皮上布满了历年来报纸上的头条新闻。熟悉西方现代哲学的读者都知道,西方现代哲学颠覆了"本体论"。《遗弃》对"父亲"的埋葬可以说是这场哲学革命的一种回音。另外应该注意,在《遗弃》中,"外公"的死和

"老外公"的死对主人公的生活都产生了深刻的影响。也就是说,"父亲"在《遗弃》中还有历史的纵深。是的,"父亲"是《遗弃》中最重要的象征,文学、历史和哲学在这里交汇,在这里纠缠。

因为"父亲"象征着权力,对父亲的怀疑和批判实际上就是对权力体系的怀疑和批判。这种激进的态度既是八十年代的精神现象,也是《遗弃》这一叙事迷宫的特征。您刚才提到了图林自己的创作。在我看来,其中那篇《人事处老P》就是这种怀疑和批判的结晶。直接呈现主人公自己的作品是《遗弃》的一大特点。您如何评价这些会让许多读者费解的作品?

将图林自己的作品包括在文本中是《遗弃》的客观需要。这种结构在我最初的创作冲动里就已经出现。我一直觉得图林是一位水平远在我自己之上的优秀的小说家。同时我也一直都很遗憾他远没有我这么幸运,他写下的那些优秀的作品一直没有获得评论家的注意。我在前面提到了《父亲》,你刚才又提到了《人事处老P》,这些都是很出色的作品啊。以"权力"为中心的中国社会是人类历史上的一个巨大的迷宫,它必须用特殊的文学表现手段去接近。图林熟练地掌握了这些手段。他的创作是一种有意识的创作。他被称为是"业余哲学家",他的文学读起来倒是很"专业"。可惜这种出现在八十年代的文学直到今天也没有引起专业文学评论家的重视。

"父亲"与"儿子"之间不仅是宿敌,也经常会通过某种契机实现最后的和解。在《遗弃》中,"孤儿"意识或者说被遗弃的感觉本来就是这样的一个契机,但是父与子的和解并没有出现。图林这样写道:"我最后突然觉得父亲也是一个'孤儿',一个被他所热爱的体制遗弃的'孤儿'。我不理解这个'孤儿'为什么要躲避另一个'孤儿'。"这种和解的失败当然也是图林最后"消失"的原因。为什么《遗弃》中不会出现这种和解?

从父亲在第一天走进儿子的房间到父与子最后在赌场尴尬相遇,《遗弃》中的父子关系一直都与和解错过。原因应该是被世界遗弃的父亲对自己的处境并没有"哲学"的认识,他因此也就并没有强烈的"孤儿"意识。他与"试图遗弃世界"的儿子处在不同的精神世界里。这是两个在本质上对抗的世界。与《尤利西斯》做一个简单的比较会很有意思。《尤利西斯》也是一部关于"父子关系"的作品。但是,其中的父亲是一个一直都在有意识地寻找儿子的父亲。他将"家"视为生命的归宿。因此,他带着"孤儿"的"回家"就变成了生命的荣耀和文学的神话。而《遗弃》中的父亲尽管一次次走进儿子的房间,却从来没有也不可能从精神上走近自己的儿子。他是"制度"的牺牲品。他已经永远失去了生命的归宿。有一点特别值得注意,《遗弃》中的"家"是一个极端压抑的地方。所有的家庭成员都生活在各自的世界里,无法通过爱和血牵挂在一起,也无法通过理智和理解来建立正常的联系。图林看到了这一点,却无法改变这一点,也无意改变这一点。与崇拜"回家"的《尤利西斯》相反,《遗弃》中的"家"最后以所有男性人物的"离开"为结局。不能和解其实就是《遗弃》的悲剧性。

弟弟在前线的自杀当然是其中最彻底的"离开"。这让我们正好可以转到关于"战争"的问题了。我觉得《遗弃》是一部充满"火药味"的作品,不仅因为图林"自我拯救"的过程本身就如同一场战争,还因为在这个过程里,图林的确与战争发生了两种具体的联系。一是在实际的生活中,图林的弟弟是在前线服役的军人,而图林在"遗弃"了体制之后遇到的第一件重要事情就是接待弟弟的那两位战友。他们的消极情绪激活了"业余哲学家"对战争的思考;另一种具体的联系由图林的创作来呈现。"战争"是图林的创作中反复出现的主题。《老兵》是其中最典型的代表:四十年前的战争在当下的一瞬间里重现,那么密集的意象,那么浓烈的情绪……《遗弃》为什么会与"战争"有这么深的联系?

很多从八十年代走过来的人现在可能都已经不记得那个年代与"战争"的紧密联系了。在八十年代,"战争"是中国的现实,与越南接壤的边境地区是经常爆发零星战斗的"前线"。一个生活在南方的敏感的年轻人不可能不关心这一点;同时,"战争"也是世界的现实。从七十年代末期苏联出兵阿富汗开始,世界范围内的军事冲突就不断加剧。这种状况同样也不可能逃过那个年轻人敏感的神经。除了历史中这"社会存在"的一面,还有哲学中"社会意识"的一面。《遗弃》是一部思考生命意义的作品,与战争相关的死亡、荒诞、偶然等范畴正好就是这种哲学思考的核心。存在主义的发生和发展本身就与两次世界大战有直接的关系。《遗弃》的重要之处不在于它对战争的关注,而在于它对战争的反应。在图林看来,任何战争都是"非正义"的(在《尤利西斯》里,斯蒂芬也对"正义"一词嗤之以鼻)。他也将战争看成是"混乱"的根源和表现。《遗弃》关注战争是因为它反对战争。强烈的反战情绪是《遗弃》的重要特征。这种情绪很少在中国当代文学中出现。在现实的生活中,是弟弟在前线的自杀让图林的这种情绪达到了极点;而在虚构的空间里,是老兵的回忆和恐惧将这种情绪推到了顶峰。在《老兵》的最后,主人公发现自己的稻田里长出的不是稻谷而是子弹。他将这血腥的魔幻当成是"永远不可泄露的秘密"。

与"父亲"和"战争"一样,"性"在《遗弃》中也占据重要位置。图林本人是一个对"性"充满恐惧的人,这与他对"父亲"的恐惧也有深刻的联系。而当突然的冲动足以让他克服这种恐惧的时候,等待他的却是一个荒诞的细节:他的女朋友已经怀上了别人的孩子。这个荒诞的细节好像又是对今天我们面对的"比魔幻还魔幻的现实"的预言。在荒诞的世界中,美还有没有根基?真还有没有意义?善还有没有价值?图林好像并没有去纠缠这些问题。他从荒诞的地狱里挣脱出来之后,马上就发现了自己一直都在寻找的人间仙境:那就是"表姐"生活的世界。我有一个疑问,为什么对"性"极度恐惧的图林在获知"表姐"也是"性"混乱的产物之后,却显得那样平静?

从图林创作的题为《自愿失业者》的作品里,读者会猜到是八十年代强制实行的"分配制度"让他不能与相爱的人在同一座城市工作和生活。你看,小说又一次表现了"中国特色"。不过,这只是问题的一面,历史的一面。问题的另一面是图林对"性"的恐惧。这种恐惧将"业余哲学家"与世俗生活对立起来。他与女朋友的关系从小说一开始就已经在结束的途中。那荒诞的结局只不过是加深了他对被"遗弃"的痛苦,同时也加快了他去"遗弃"的步伐。就是在这个时候,他走进了"表姐"生活的世界。他终于有了获救的感觉。他知道那就是他将来那部大作品的出生地,他也知道那可能就是他生命最后的归宿。图林一直将"表姐"当成偶像。她代表着最纯净的安抚和最圣洁的呵护。"表姐"不合法的来历丝毫也不会损害她的形象,而她被"遗弃"的经历更可以升华她的魅力。这就是图林在获知她的真实身份之后会那样平静的原因。那的确是与他在获知女朋友的"真相"之后完全相反的反应。从这一点可以看出,图林并不是一个虚无主义者,而是一个理想主义者。"表姐"是理想的象征。他与"表姐"的关系带有明显的宗教色彩。

《遗弃》是一部关于"自我拯救"的作品。而小说里给出的"自我拯救"的途径只有两种。一种是"消失":离开"混乱"的世界,回到"大自然",回到最简单的生活。这与古人提倡的"返璞归真"的退隐完全一致。另一种当然就是写作。《遗弃》在很大程度上是一部关于写作的作品。"我'写作',故我在"既是图林的哲学命题,又是他的生活准则。您刚才提到图林是理想主义者,从他对写作的这种态度也可以看出来。因为写作其实就是一种充满理想主义情怀的重建。这两种"自我拯救"的方式在《遗弃》里并不是割裂的,它们之间有多方面的联系。我很想知道,您对图林"消失"之后的生存状态到底有没有过具体的想象?

很多人都问过我这个问题。差不多二十年前,邓晓芒教授曾经建议我写出《遗弃》的续集,甚至将它写成三部曲,大概也是希望了解图林"消失"之后的生存状态。《遗弃》的主体是主人公图林一年的日记。但是,这其中的 9.3 到 12.22 之间却是一段空白。从获得"年度十大好书"的《遗弃》重写本里,我特意补充了一段简短的文字,说明图林在那一段时间里去了"表姐"生活的地方,在那里像康德一样过着一成不变的生活,写下了一部奇特的《哲学史》。那当然是"消失"与"写作"相结合的生活。也许它就可以看成是图林彻底"消失"之后生存状态的原型?对于图林这样一位"业余哲学家",遗弃世界并不是一件困难的事情,困难的是如何妥善地保持自身的生命状态。说实话,我从来没有去想象过图林"消失"之后的生存状态,但是我相信"写作"一定会在其中扮演重要的角色。在"消失"中"写作",在"写作"中"消失",这是我自己的向往,也是符合图林生命逻辑的唯一的"出路"。但是在重写本开始的地方,图林请求他的朋友将他"关于生活的证词"(这其中包括了他写下的那部奇特的哲学史)付之一炬。你可以说这是有意将他"卡夫卡化",但是实际上,早在知道卡夫卡的存在之前,我自己就经常有要在临终前对自己的写作处以"火刑"的极端想法。图林为什么会有这样的请求?有一种可能是,经过两年的"消失",图林对"写作"已经彻底厌倦,或者已经找到一种"不立文字"的更纯净的生存状态。也就是说,他终于将"写作"从他的生活中清除出去了,这对他无疑是一场"革命"。而另一种可能是,他只是厌倦了自己以前的"写作",或者已经有了一种"凤凰涅槃"似的激情,准备飞向更高的创作状态。这当然不是革命,而是进化,一种精神的进化,一种朝向终极的进化。我非常理解这另外一种厌倦。过去六年里,我自己用执着的重写全面升级了自己以前的作品。我的激情就基于类似的厌倦。

我也相信这后一种可能。图林不可能放弃写作,因为写作对他是一种与生命之"在"相连的本质。如果图林最后的结局是放弃写作,《遗弃》也就失去了存在的理由。

完全同意你的这种看法。《遗弃》是一部向写作致敬的作品。这也是它的价值所在。在西方的文学作品里,阅读者和写作者都不少见,比如现代小说的鼻祖《堂吉诃德》就是建立在阅读基础之上的文学丰碑。而像图林这样的写作者在中国当代文学史上却似乎是独一无二的。写作是孤独的个人行为。《遗弃》通过主人公对写作的崇敬和专注将一种罕见的"个人"状况带进了中国文学,这也应该是它对文学史的一个贡献。《遗弃》的出现符合历史的逻辑,因为八十年代是中国社会自"十月革命一声炮响"之后受西方哲学冲击最大的时代,而存在主义是继马克思主义之后对中国思想界影响最大的主义。《遗弃》是八十年代的产物,也是那个时代中国精神状况的一个见证。顺便说一句,"写作"是我的许多作品共同关注的一个主题。我最新的长篇小说《希拉里、密和、我》也同样是一部向写作致敬的作品。

写作是语言的极限运动。海德格尔说:"语言是存在之家。"这与图林的写作本体论有相通之处。可是,海德格尔又说过从语言出发并不能直接到达人性,除非我们"纵身一跃",堕入黑暗的深渊。在我看来,您在二十四岁那年写作《遗弃》,就好像是那

"纵身一跃",您当时会不会有堕入深渊的感觉?

写作《遗弃》的确如同"纵身一跃",它是一种告别,又是一种出发。它是我文学道路上的第一次关键的决断。高强度的写作让我的身心极度疲惫。我记得写完初稿的那一天,我感到腹部一阵剧痛,在厕所蹲下之后,拉出了一大摊鲜血。我当时非常平静,因为我清楚地看到了写作与死亡的亲缘关系或者说清楚地看到了"黑暗的深渊"。其实,每一次重大的写作都是那"纵身一跃"。5月份在国内审读《遗弃》最新版本清样的过程中,图林对写作的执着激起了我对自己将近三十年文学生涯的许多回忆。现在,写作者面对的已经是一个完全不同的世界了。随着技术的高速发展,随着物质的极度膨胀,语言变得越来越粗糙了,写作变得越来越浅薄了,文学和书籍也都已经在绝迹的途中……这时候,用朝圣的姿态去写作就更像是堕入深渊的"纵身一跃"。

后记:
这篇访谈发表于《作家》杂志2016年第8期。

深圳与世界之间的桥梁

在不久前的一次访谈中,您提到"深圳人"系列小说作为您的第一部英译作品出现纯属偶然,能够具体谈谈这方面的情况吗?

我是一个长期被翻译忽视也长期忽视自己作品翻译状况的写作者。但是,2011年春节前后,一系列特殊事件改变了我对自己这种落后状况的容忍态度。我开始积极地为我的小说寻找其他语种的出版机会。后来因为翻译科幻小说《三体》而广为人知的刘宇昆在2013年底译出了《白求恩的孩子们》约占全书十分之一篇幅的英文样稿。刘宇昆是具有敏锐文学感觉的翻译家,他之前曾经为《人民文学》英文版翻译过短篇小说《出租车司机》,对我的作品有很深的理解和很高的评价。他的翻译样稿马上就被送到了一位对这部作品感兴趣的知名经纪人手里……在2011年到2013年之间,我一直以为《白求恩的孩子们》将会是我第一部进入英美读者视野的文学作品。"深圳人"系列小说从半路杀出起因于中国作家协会的一位领导对我作品翻译状况的关心。他在2014年初写给我的邮件中告知我可以选一部作品去申请国家的翻译资助。我很快就收到了有关的表格。我在2013年出版的"战争"系列小说集《首战告捷》和"深圳人"系列小说集《出租车司机》之间犹豫,最后选择了后者。最重要的理由当然是这部作品曾经被媒体广泛报道,还获得过2013年度的"中国影响力图书奖",有很高的知名度。因为申请资助的表格需要由国外的出版商填写并且需要有出版合同的支持,我想到了不久前认识的Linda Leith女士。她是在加拿大文学界知名的"蓝色都市文学节"的创办者,并且长期担任文学节的负责人。不久前辞去文学节的工作之后,她创办了以自己的名字命名的出版社。这是一家规模很小却品质很高的独立出版社,非常适合我的出版理念。我提出由她来出版"深圳人"系列小说英译本,立刻就获得了她的赞同。这就是"深圳人"走向世界的第一步。

"偶然性"好像总是伴随着您的文学生涯……

是的。我走了一条中国当代文学史上最奇特的文学道路。我将近三十年的文学生涯中充满了偶然事件。围绕着"深圳人"系列小说的偶然事件也有很多。以《出租车司机》一篇为例。它是最早出现也名声最大的"深圳人"系列小说。它的出现就非常偶然。它完全可以说是我在深南路边"捡到的孩子"。那已经是将近二十年前的事情了。而它的出名也同样非常偶然。它首先在《人民文学》杂志上发表,却没有引起任何关注。两年之后,因为一次电脑操作上的失误,它被误传到了《天涯》杂志主编的邮箱里,结果很快被再次刊出,并且立刻被包括《新华文摘》和《读者》在内的几乎所有的选刊选载,迅速上升为中国文学界的"明星"。

回顾"深圳人"系列小说英译本的出版过程,您最满意的是什么?

我最满意的是出版的效率和效果。效率既是独立出版社的经营特色,又是Linda Leith女士的个人魅力。它体现在整个的出版过程中。想到翻译资助的审批程序繁琐,耗时漫长,结果无定,我们没有去等待,而是按照自己的节奏进入了出版的流程。回想起来,这个主动的决定应该是成就我第一部英译作品的关键。翻译资助最后果然没有到位。而当我们一年半之后获知这个消息的时候,"深圳人"系列小说的英译本已经在亚马逊网上开始预售了。Linda Leith女士是一位既非常善于与作者沟通,也非常尊重作者意见的出版商。这一点也无疑是"深圳人"系列小说英译本最后能够以出色的效果顺利面世的重要因素。一个特别的例子:在定稿的前夕,我突然想到了蔡皋女士。她是中国当代最优秀的绘本画家,又是我将近三十年的知交。我突然想请她为这部作品插图。换一个出版商可能会不接受这种突发的奇想。可是，Linda Leith女士接受了我的意见。事实证明，采用蔡皋的插图是一个非常正确的决定。它提升了"深圳人"的美感。

从您在深南路上"捡到"那个"孩子"到小说集《出租车司机》的出版，"深圳人"系列小说经历了一条长达十六年的文学之旅，这其中有十一年的时间您"生活在别处"。在之前的一些访谈中，您提到过除了《出租车司机》之外，"深圳人"系列小说中的作品全都完成于蒙特利尔。我想知道创作"深圳人"系列小说的想法成形于什么时候以及您为什么会在异国他乡继续书写深圳。

我的文学生涯中有许多奇特的谈资：最近这十五年也就是进入二十一世纪以来，我没有任何文学作品是在祖国的大地上完成的，这就是有趣的话题之一。中国经验仍然是我这些年写作的重头，而我的写作却都完成于远离那种经验的"别处"。这恐怕是只能由精神分析专家去解释的病例。创作"深圳人"系列小说的想法大概成形于2005年春夏之交，也就是距离我在深南路上"捡到"那个"孩子"的黄昏过去八年之后。继续书写深圳的原因很多：首先，深圳对我的个体生命具有特殊的意义。最近读到历史学家霍布斯鲍姆关于全球化的一些论述，他将八十年代末冷战格局的崩裂看成是彻底改变人类历史进程的事件。在那个时候移居深圳对我来说也是带有强烈历史意味的选择。其次,我一直是乔伊斯的崇拜者。每次重读《都柏林人》,我都会有要将自己在深圳遭遇过的那些人,那些似乎被排除在"深圳"这个词的语义之外的普通人用最精致的语言和结构呈现出来的冲动。对我来说,深圳远不止是"经济特区",它是一个舞台,一个人为搭建的特殊的舞台。在这里,我看到了在中国其他的城市看不到的生活的戏剧。继续书写深圳还因为在我看来,九十年代的深圳是今天中国社会的原型。或者说,我九十年代在深圳看到的生活的戏剧是今天中国大舞台上那无数表演的预演。有意思的是,乔伊斯也是在异国他乡书写"都柏林人"的。这种巧合令我感觉安慰。事实上,自我流亡是现代派文学运动以来写作者生活的一种"常态",而九十年代以来飞速的全球化过程更是重新定位了地理与写作的关系,令"在场经验"变成了一种很诡异的概念。

您在其他的一些访谈中也提到过,"深圳人"系列小说集中几乎所有的人物都有原型:他们是您在深圳遇见的普通人。您九十年代初定居深圳,直到2002年离开,在那里完整地生活了十二年。请您谈谈您的文学创作与深圳的渊源。

我的文学创作与深圳有很深的渊源。选择在深圳定居的时候,中国正在十字路口徘徊,而我自己的第一次文学生命也相应地刚刚夭折。也就是说,那时候我其实已经是一个"死人",一个文学上的"死人"。做一个不是特别恰当的比喻,我在九十年代最初的那五年里可以说是一直生活在"炼狱"之中。没有想到"炼狱"之后,我没有下到物质的"地狱",反而不可思议地重返文学,进到了精神的"天堂"。我的第二次文学生命开始于深圳。这是我个体生命的奇迹,也是深圳的奇迹。当时的深圳真是非常神奇,全球化的浪潮在激情地拍打着它的日常生活:中国的第一家"麦当劳",中国的第一家"沃尔玛",中国的第一家"家乐福"……它比中国的任何城市都更能让一个敏锐的心灵感觉到人类历史正处在一个转折点:旧的时代已经终结,新的时代即将开始……是的,"深圳人"都有原型,他们都是我在深圳遇见过的真实的人,普通的人。不仅如此,我后来的所有小说人物差不多都可以在我那十二年的深圳生活中找到原型。我从很小开始就是一个敏锐的观察者,我的"深圳观察"为我的第二次文学生命提供了丰富的养分。写作本身是强烈地依赖声音、颜色和气味的技艺,而我对所有的这些"实感"有超强的记忆。在写作"深圳人"的过程中,深圳的声音、颜色和气味会不断涌向我,不断引领我,将我带到时间的深处、生活的深处、内心的深处。在我后来写作《空巢》和《十二月三十一日》的过程中,深圳的声音、颜色和气味也会给我强烈的现场感。另外,我的文学身份也与深圳有密切的关系。《深圳特区报》对我的专访以《中国文学最迷人的异类》为题,从此我就成了全国知名的"异类"分子。由深圳读书月的"年度十大好书"在全国知识界享有盛誉,2012年,我的《遗弃》获得这个奖项,2014年,我的《空巢》再次获得这个奖项。这种成绩进一步确认了我的文学与深圳的历史联系。

"深圳人"系列小说的创作基于您对上个世纪九十年代深圳的记忆。而如今的深圳正面临着经济的转型:从传统制造业转向高新科技产业。越来越多的优秀人才被吸引到了这里。这些新深圳人与出现在您小说中的那些"深圳人"有完全不同的知识背景和生活经历,他们与这座城市的关系应该也完全不同。新深圳人还会有您小说人物的那种"无根"的感觉吗?

深圳的确在改变,就像中国的任何一座城市一样。每次回去,我都会有明显的感受。但是,文学的主题是永恒的。文学关注的不是成功、繁荣、优秀等等这些带有明显权力色彩的幻象,文学关注的是生命永恒的脆弱。为什么《公民凯恩》是最优秀的电影作品?因为它表现了权力后面的黑暗。为什么《哈姆莱特》是最优秀的文学作品?因为它揭示了生命本身的虚无。"深圳人"系列小说最大的一个特点就是将深圳的"边缘人物"(如"文盲"和"小贩")中心化,而将深圳的"中心人物"(如"老总"和"高管")边缘化。这种聚焦方式应该具有文学史的意义。我与你说的"新深圳人"也有过一些接触,我没有觉得他们的知识背景和生活经历能够撼动人性中那些最基本的"弱点"。透过他们让我感觉陌生的语言和做派,我总是能够看到我非常熟悉的焦虑和迷惘。事实上,我相信他们"无根"的感觉应该更加强烈,因为他们的大部分时间都生活在"虚拟"的空间里,与现实的距离应该更加遥远……"无根"的状态其实是"现代性"本身的痼疾,是全球化历史进程本身的痼疾。

您曾在深圳大学任教,那时候的深圳在很多人的眼中是"文化沙漠"。这些年来,深圳的教育事业飞速发展,文化生活也极大地丰富,这种发展和丰富会不会消解您笔下的"深圳人"那种普遍的迷茫状态?

这是与前面的问题有点类似的问题。"迷茫"是现代人生活的常态,它不会因为教育的发展和文化的丰富而发生根本的改变。更何况现代的一切发展和丰富都带有强烈的商业、消费和功利的特征,都受物质利益的驱动,它最后实际上可能会加深人的"迷茫"感和不安全感。这其实就是此刻正在全世界范围内发生的情况。人类的幸福肯定是与从容、矜持、专注、简朴和宁静等等这些传统的美德相关的。"现代性"打破了人类生活中精神与物质的平衡。这不是任何制度化的努力可以改变的。每次回到深圳,我都会对两类人的生活状况特别敏感:一是老人。我身边的许多老人曾经也是社会的栋梁,曾经也充满了理想,但是现在他们却变得非常物质、非常功利了。他们远没有我在西方的日常生活中遇见过的许多老人那样仍然充满着对社会的关心和对人类的忧患。另一类人就是孩子。与我在西方的日常生活中见到的孩子们相比,中国的孩子真的是太"聪明"了,太"懂事"了,太"失真"了……我想这是过度教育的结果,我想这是成年人急功近利的心态导致的灾难。老人们的这种状况会让我感觉历史的荒谬,而孩子们的这种状况会让我对未来充满担心。

有人评价说您是深圳出品的最"不"深圳的作家。我觉得这种说法可以从正反两方面来理解。您的作品关注的是"普遍人性",也有宽阔的"国际视野",这是正面的理解。而从反面看,它可能意味着您的作品并没有表现深圳的真实状况,并没有表现出深圳的真实特色。您如何看待这种评价?

这种评价的确既可能是赞扬,也可能是批评。如果是赞扬,我会回应说评价者不懂深圳;如果是批评,我会回应说评价者不懂文学。前面已经详细谈到过我的文学与深圳的关系。不同的写作者有不同的感知方式。"深圳人"系列小说完全根植于我个人的深圳经验,是我全部作品中"最"深圳的作品。而好的文学作品一定立足于普遍的价值观念,并且透过生活的表象,挖掘内心的奥秘。好的写作者绝对不应该受地理的局限。莎士比亚在伦敦写作,他却是最"不"伦敦的作家。他的大量作品都以他从来没有踏足过的"异域"为背景,如《威尼斯商人》,如《哈姆莱特》。乔伊斯的作品虽然专注于都柏林,他本人却一直在远离都柏林的欧洲大陆上写作,而且对叶芝等人倡导的旨在恢复"爱尔兰"传统文化的民族主义极为反感。他也可以说是最"不"都柏林的作家。"文学的祖国"是最自由的天地,它容忍无限的多样性和可能性,它需要无限的多样性和可能性。

现在,我想听您谈谈具体的作品。首先来看一下《母亲》吧。这篇作品以"突然"一词开始,呈现一个普通的少妇对小区里一个与自己平庸的丈夫气质完全不同的陌生男子的痴迷。这让我想起乔伊斯的《都柏林人》中的《伊芙琳》。两篇作品都着意挖掘女性的心理,但是它们却有不同的侧重。您能不能谈谈这两篇作品的不同之处?

我将"深圳人"系列的英译本献给了乔伊斯,因为它与《都柏林人》有精神上的联系。这种联系是总体性的、气质性的,与具体的作品并没有直接的关系。不过,将《母亲》与《伊芙琳》做比较倒是一个很有意思的论文题目。两个主人公的不同之处是很明显的。她们处在女性生命的不同阶段:一个是少妇,一个是少女;她们对未来的态度完全对立:一个充满了向往,一个充满了焦虑;她们与"围城"的关系也不一样:一个在里面,一个在外面,一个很想出去,一个不敢进来……还有很关键的一点,两个主人公心理的乱麻最后虽然都被快刀斩断,作者使用的刀法却完全不同：乔伊斯最后是给伊芙琳注射了麻醉剂，而我是用悬念将母亲痴迷的对象强行带离了文本。我不知道，生活的突变会不会对两个主人公的未来造成不同的影响。这应该让读者去想象。

"深圳人"系列小说集中不同篇目之间的人物会有一些显然是您故意设置的联系：如《女秘书》的主人公是"出租车司机"的顾客，而《两姐妹》的主人公是《剧作家》主人公的邻居……这种设置的意图是什么？它是不是反映了您对人际关系的一种态度？

很多读者都注意到了这种设置。我的意图是想通过这种联系来强调人物之间没有利益冲突的"共时性"。我原来甚至还想过在每一篇作品里都安排这样的联系，后来觉得那过于刻意，也很难做得合乎情理，就没有勉强。记得刚从内地来深圳，对这座城市的人际关系非常好奇。内地的许多人都住在"大院"里，彼此之间的家底都非常清楚，人际关系也与历史有许多的纠缠，错综复杂。而深圳人住在"小区"里，邻居之间没有太多的交往，人际关系中也没有历史的局限，因此也就比较单纯。这种状况到九十年代的中期出现了变化，因为"小区"的管理正规起来了，邻居之间开始有了一些互动。而随着"微信朋友圈"的出现，现在的人际关系当然就完全改变了。"深圳人"系列小说是建立在九十年代中期的那种"小区"生活形态之上的。这种生活形态对《母亲》、《文盲》和《剧作家》等篇目都至关重要。我个人非常反感复杂的人际关系,尤其是反感以利益为标杆和以权力为中心的人际关系。这种人际关系是腐化的温床。而我的人物之间那种"萍水相逢"的关系在我看来充满了诗意。你提到了《女秘书》,我要趁机补充一句,出于篇幅上的考虑,它与《同居者》和《文盲》等三篇作品没有收入"深圳人"系列小说的英译本。

在《小贩》的结尾处,"小贩"的再现不仅没有让一直对"小贩"充满同情的叙述者欣喜,反而让他非常失望。"我"宁愿他已经死去,而不愿看着他继续在世界上遭受屈辱。我觉得这个结尾具有强烈的象征色彩。您好像相信卑微的"小贩"不可能从深圳消失?

我曾经说过《小贩》是我用"三十三年时间"完成的作品。这不仅意味着这篇作品是经过时间不断洗刷之后形成的晶体,还意味着"小贩"这个形象本身也是一种象征。他是处在社会最底层的人。他是受所有人欺压的人。这样的人在任何社会中都存在,在任何时代都存在,而他们又最容易被社会和时代忽略,尤其是被日新月异的社会和纸醉金迷的时代忽略。我有很长一段时间住在深南东路尽头的文华花园。每过一段时间,我就会深入黄贝岭一带那些曾经的陋巷,去观察最底层人的生活。最底层的人很容易从我们的视野中消失,但是他们不可能从社会的肌体上消失,更不应该从文学的记忆里消失。《小贩》这篇作品纠缠着历史、现实和梦想。它让一个最底层的人与文学共存,与深圳共存。它是我最喜欢的"深圳人"系列小说作品,它也是我与翻译者 Darryl Sterk 讨论得最多的作品。

"深圳人"系列小说的英译本没有沿用原来的书名,而是选用了 Shenzheners("深圳人")这样一个对英语读者完全陌生的新词来做书名。有国内的媒体评价说您这是"用文学的方式将'深圳人'这种身份带上了国际舞台"。对用文学的方式在国际舞台上传播深圳形象,您有什么样的期待?

文学不是博览会和促销会,传播城市的形象并不是它的责任。但是,文学一直是保存和传播城市形象的最重要的方式。世界上所有重要的城市都有与它密切相关的作家和作品。我们都熟悉雨果的巴黎,狄更斯的伦敦,乔伊斯的都柏林和陀思妥耶夫斯基的圣彼得堡……而关于纽约的作品更是多如牛毛。保存在文学里面的城市会比城市本身具有更强的生命力,这在人类的历史上有无数的铁证。我于1992年夏天(也就是在深圳定居之后不久)第一次跨出国门。我记得当时与我交谈的大多数西方人都没有听说过我居住的城市,我只能用香港来做参照。这让我感觉非常尴尬。二十多年后的今天,深圳的知名度当然是大幅提高了，但是与它在中国的现实地位相比，那种知名度却还是很不相称。从这一段时间我自己在Shenzheners推广过程中的经验看，文学的确有利于激发西方读者对深圳的兴趣。我3月份去伦敦的时候曾经在伦敦大学亚非学院和伦敦政治经济学院做了两次活动。在活动中提到即将出版的Shenzheners，听众都有热烈的反应：他们好奇我呈现深圳的独特方式，他们也好奇这部作品与英语文学经典《都柏林人》的神秘联系。而6月初，在加拿大首都渥太华的一次文学节上，Shenzheners首次与读者见面，马上就受到了欢迎。一位购书的读者告诉我，她在九十年代作为中国加入世界贸易组织的加拿大政府谈判代表去过深圳。她说深圳给她留下了深刻的印象，我关于深圳和Shenzheners的介绍激起了她强烈的兴趣。没过多久，我就收到了她的邮件。这可以当成是我收到的关于Shenzheners的第一封"读者来信"。她说她当天晚上就读完了这部作品集。她说书中的每一个故事都能够引起她的共鸣。她说她欣赏我对生活"娴熟、有力又质朴"的呈现。她还说她要呼吁加拿大更多的出版社来出版我的其他作品。后来陆续收到的其他读者的反应也都相当积极。有一位读者表示他不仅喜欢这本书，还想去看真正的"深圳人"。Shenzheners应该是历史上第一部将"深圳人"带上国际舞台的文学作品，我相信它会激发更多的西方读者对中国文学和深圳的兴趣。我也希望将来会有更多的文学作品能够成为世界与深圳之间的桥梁。

刚才您已经提到一些读者的反应,加拿大的业界对这本书又有什么反应呢?

Shenzheners 正式出版的日期是9月9日,现在还只有一些样书在活动现场的销售。更多的反响要等到它正式上市之后才会出来。出版界和文学界初步的反应非常积极。加拿大出版界最大的专业刊物刚出版的这一期已经将它作为"中国的《都柏林人》"做了推荐,下一期还将有正式的书评刊登。而刚刚出版的 MRB(《蒙特利尔书评》)第50期上已经刊出了这本书的第一篇书评。书评称它是"关于生活困境的诗",评价很高。上个星期五,我也被邀请在《蒙特利尔书评》组织的活动上朗读了这部作品的选段。而出版商带到活动现场的样书也销售一空。还有,我也继续收到一些文学节的邀请,这其中包括加拿大最具国际影响的"温哥华国际作家节",我将在文学节期间做两场关于 Shenzheners 的活动。突然之间,"深圳人"将我带进了一个崭新的文学世界。而我也希望能够将"深圳人"带到更远的地方,带到更多读者的心中。

....

后记:

这篇访谈于2016年8月7日发表于深圳《晶报》"深港书评"周刊。最初的访谈提纲由《南方日报》记者提供。

引人注目的文学奇观

2012年以来的这四年时间里,薛忆沩在创作和出版上"高潮迭起",成为了引人注目的文学奇观。今年又是薛忆沩的出版大年,继北京三联书店推出"薛忆沩文丛"(三种)之后,华东师范大学出版社又即将推出包括他的最新长篇小说《希拉里、密和、我》在内的三部作品。同时薛忆沩还在今年实现了英文版"零的突破":"深圳人"系列小说的英译本已经在北美出版。"战争"系列小说也已经被一家英文杂志以整期的篇幅推出。时隔两年,我们对薛忆沩再一次进行了专访。我们希望再一次与出版界的同行分享这位"虔诚的写作者"思想的风采。

首先,我要问两个关于"访谈"本身的问题。您做过很多的访谈,还出版过专门的访谈集《薛忆沩对话薛忆沩》。我对其中的一些篇目反复读过多遍,很受启发,与读作品不一样的启发。不过,我也注意到有不少的问题会在不同的访谈里重复出现。面对重复的提问,您会不会有不好的感觉,比如语言的贫乏、世界的喧嚣?您会不会因此感觉厌倦?

我其实是一个不喜欢在作品之外说话的人,因为我从来就强烈反感随意的表白和轻率的评判。而且对人类历史的怀疑态度和对个体生命的虚无立场也早就让我对多余的言说有强烈的厌倦。我与《遗弃》的主人公非常相似,一直就在渴望着逃离和"消失"。但是,写作将我推进了公众的视野,让我"不得不"经常在作品之外说话。而且随着读者对我作品关注程度的提高,在作品之外说话的需求也在急剧增加。你提到的访谈集是去年出版的,它差不多是我过去十六年里接受的访谈的合集。可是从它定稿之后到现在的这一年半的时间里,我完成的访谈在字数上就几乎已经达到了同样的规模。这意味着我的第二部访谈集很快就要出版了。是的,有一些问题是重复的,也有一些问题是"错误"的,还有一些问题是无关紧要的,还有(也许这是更重要的一点),有一些我一直在等待的问题却从来没有被提出来过……我当然会有厌倦的感觉,因为我对语言的"纯度"有很高的要求,因为我对交流的质量有很高的要求。这是直接与生理反应相连的要求。这种厌倦的感觉会让我对沉默有严肃的向往。我相信,在我的第二部访谈集出版之后,我会进入一段"沉默期",尽量回避作品之外的言说。

您的访谈多数是由您自己根据采访提纲中的问题"写成"的。您还经常会对问题进行逻辑和语言上的修改。您在访谈集出版的时候甚至还对收入的一些访谈进行了"重写"。因此,您将访谈视为您的作品。这种访谈的创作过程与其他作品的创作过程有什么不同?

一切涉及书写的过程对我都是创作过程,我都会认真对待,比如一份邮件、一张便条,比如过去经常要写的鉴定和检讨。将访谈当成作品来完成缓解了前面提到的"不喜欢"与"不得不"之间的矛盾。它是对自己的负责,更是对读者的负责。在访谈的过程中,因为我还是一个"写作者",我对语言、结构和叙述的技巧都会有高度的警觉。而与其他作品的创作过程相比,在进入访谈作品的时候,"写作者"的自由却受到了很大的限制,因为他几乎不能去想象,他更是完全不能去虚构。还有,访谈中的很多问题都涉及作品与作者之间的关系,这又迫使"写作者"不断在虚构和现实之间穿越。访谈的创作过程其实有点像是在虚构与现实之间搭建一座实用又美观的桥梁,在设计和施工上都有一些特殊的要求。

有人说您是非常自恋的作家。而我从您的作品里可以明显地感到您其实兼具骄傲与谦卑两种秉性:一方面,您对文学这种"最神圣的事业"充满了骄傲;另一方面,您对文学所依赖的语言和文学本身的传统又保持着谦卑的敬意。不知您自己怎么看待这两种评价?

这是两种关于我的经典评价。我从来就对艺术家"自恋"的责备不以为然,因为这种责备表现出的是对艺术家的无知。所有的艺术家都有超常的自恋情结。这种顽固的情结是对艺术家的创造力最天然的保护。没有这一层保护,艺术家怎么去承受超常的孤独和超常的敏感?没有这一层保护,艺术家怎么能够将超常的孤独和敏感升华为愉悦人类感官和丰富人类精神的作品?从严格的意义上说,艺术家与大众是对立的。艺术家是创造者,而大众是消费者。对美从一而终的敬意是创造的根基,而消费的本质则是随波逐流和趋炎附势。记得卡夫卡的《饥饿艺术家》吗?艺术与现实的冲突通过饥饿艺术家的命运获得了最深刻的呈现。今天的艺术家面对的是一个更加功利、更加平庸、更加荒谬的世界,没有对自己的天职和使命的骄傲,他不可能作为艺术家在这样的世界上生存下去。这种对天职和使命的骄傲是一种不可摧毁的精神力量。而一旦拥有了这种力量,艺术家的谦卑就会从艺术中流露出来。我将近三十年独立特行的文学探险充满了艰难困苦,没有根深蒂固的骄傲和谦卑,我不可能坚持到现在。

阅读您的作品,无论是小说、随笔还是访谈,都能感受到一种奇特的语言之美:清晰、流畅、从容、细腻……姑且笼统称为"诗意"吧。一位出版人将"文革"以后的现代汉语称为"当代汉语",认为它是一种"健康、成熟"的"新的语言"。我感觉您的语言就属于他称道的这种"新的语言"。您同不同意这种看法?

还是2007年前后在为《南方周末》和《随笔》杂志上写读书专栏的时候,我的语言的这些特点就开始被读者注意和称道。后来,通过写作《与马可·波罗同行》,我的语言又上了一个新的台阶。这直接引发了我从2010年开始经历长达六年时间完成的所谓"重写的革命"。将"文革"以后的现代汉语单列出来应该是一种很有意思的学术观点。"文化大革命"被视为是"无产阶级专政下的继续革命"。由它冶炼出来的"新的语言"因为这种"继续革命"与传统文化彻底决裂,又因为这种"继续革命"与西方文化(马克思主义)进一步接轨:它的视野一开始就是国际性的,它也远比传统的语言更适合向灵魂深处的挖掘。我并不清楚我自己写作的语言是不是可以归为这种"新的语言"。但是,在关于七十年代的随笔《一个年代的副本》中,我用许多实例强调过七十年代的"语言"对我的影响。

在一个访谈里,您提到在移居加拿大也就是在远离母语环境之后,您反而对汉语产生了亲密的感觉,并且发现了汉语特殊的美。能够具体谈一谈这种好像有点反常的认知过程吗?

前面说过,通过写作《与马可·波罗同行》,我对母语的感觉又上了一个新的台阶。就像"爱"那样的亲密的感觉出现在我和母语之间。还有就是韵律。我好像突然掌握了汉语的韵律。我的句子和句子之间会出现很明显的乐感。还有就是逻辑。以前我也像大多数人那样认为汉语没有逻辑,这时候,我却突然发现了用汉语进行逻辑表达的奥秘。这时候,我已经移居加拿大七年了。几乎所有的移民都用是否买了房子、是否找了工作等等功利的指标来评估移民的成果,而我评估的标准却是自己与母语的关系。远离母语的环境,却对母语产生了更好的感觉、更深的感觉……这的确是一种有点反常的认知过程。将来也许心理学家会对这个过程做出科学的解释。对我自己而言,这完全是一个意想不到的奇迹。从2012年开始到现在的这四年时间里,我在文学创作上的"高潮迭起"就是这奇迹的铁证。

您正好提到了2012年以来这"高潮迭起"的四年。在今年出现的高潮中,引起媒体特别感兴趣的是您在翻译方面的突破:不久前,美国的英文学术期刊 *Chinese Literature and Culture*(《中国文学与文化》)刚刚以整期的篇幅推出了您的"战争"系列小说专辑,而您的"深圳人"系列小说作为您的第一个英文译本也马上就要在北美正式上市。您对自己作品的"国际化"有什么样的野心?

还在少年时代我就迷上过《歌德谈话录》。我完全认同他"世界文学"的理念。文学面对的是人性,而不是主权。"普世价值"是文学的终极追求。任何优秀的文学作品都应该是"国际化"的,都应该能够在"别处"获得共鸣。这种共鸣一直是我对自己的文学的向往,也是我对整个中国文学的期待。注意,这种共鸣不是大大小小的媒体或者形形色色的文学奖制造出来的噪音,而是建立在普世价值之上的理智的和谐与情感的呼应。"战争"系列小说和"深圳人"系列小说在中国都是获得了最高评价的作品,我很高兴它们的译本也正在获得"别处"的普通读者的认同。我的野心其实是一种"平常心"。我相信好的作品一定是"国际的"、一定属于全人类。还想补充一句,歌德说过,只懂一种语言的人其实不懂自己的语言。这也是一种发人深省的见解。一个写作者并不一定要懂得另一种具体的外语,但是他必须懂得那种最抽象的语言,那种呈现"普世价值"的人性的语言。

您如此关注语言、如此追求诗意,在翻译的过程中,虽然巨大而简单的东西不会丢失,但是那些语言和诗意的细节呢?您的作品里布满了细节的神经,您是否担心它们会在翻译的过程中丢失呢?还有,您自己通晓英语,也曾经尝试用英语创作,您怎么看待由别人来翻译自己的作品、自己直接用外文写作以及自己翻译自己的作品这三种不同的创作过程?

是的,我非常担心细节的丢失。在"深圳人"系列小说的翻译定稿前夕,我通读了两遍译文,重点就是检查细节的翻译情况。当然,原文中总是有一些细节没有必要也不可能翻译到另一种语言里去。对于这种情况,一位优秀的翻译者首先要有清醒的认识,然后要有应对的措施。有意的"不译"可以接受,无意的"漏译"却不能原谅。我的译者非常优秀,他的译作不仅有地道的英语语感,也比较忠实于原文(尽管在文体的层面上,尤其是段落划分的方式上,我们之间存在很大的分歧。这是我将来会谈及的问题)。我们在翻译的最后阶段对细节的处理有过深入的讨论。尽管如此,在样书出来之后,我还是发现了两处"漏译"。比如在《小贩》一篇中,叙述者最开始说他甚至在解"一元一次方程"的时候都会想起小贩,而到了小说的结尾处,他又用类似的句法说他甚至在解"不等式"的时候都会想起小贩。原作中数学术语上的精细对比是想说明叙述者已经进到了较高的年级。它没有被翻译出来,也逃过了我的两次审读。这当然并不影响阅读,也没有影响叙述的节奏,不过我还是觉得有点遗憾。当然,翻译本身就是遗憾的艺术。像我这样的完美主义者必须一开始就做好充分的思想准备。直接用外文写作是一种特殊的经验。我自己尝试过之后,发现不能充分满足创作的欲望。我没有试过翻译自己的作品,我相信那会比由一位优秀的翻译家来翻译留下更多的遗憾。

除了翻译方面的突破之外,今年也是您在国内的出版大年,或者应该说"又"是。前不久,我们刚对北京三联书店推出的"薛忆泐文丛"(三种)做过专题报道。现在,由华东师范大学出版社推出的您的另外三部作品马上又要在上海书展上与读者见面了。您这四年的"高潮迭起"与华东师范大学出版社的全力支持当然不可分割。您能谈谈这方面的情况吗?

是的,我今天的文学成就在很大程度上要归功于华东师范大学出版社的全力支持。2012年年初,一翻开《与马可·波罗同行》的书稿,王焰社长就立刻看到了我的写作的价值和意义,并且毫无保留地给出了最高的评价。这是写作与出版之间的缘分。这是我的幸运。《与马可·波罗同行》于当年的5月出版,是我同时在上海出版的五部作品之一。而在随后的四年时间里,华东师范大学出版社每年都出版我的两部作品,今年的选题达到了三部。至今为止,他们一共出版了我的十部作品,一色的精装,一色的精品,而且全都引起了全国性的关注。华东师范大学出版社的各个环节都非常专业,而朱华华等三位责任编辑的认真敬业更值得称道。我这四年来不可思议的创作热情可以说是被王焰社长带领下的这个团队激发出来的。如果回顾一下这十部作品在全国读者中的影响,就不得不惊叹我们之间的合作创造了中国出版界的一个奇迹。今年,整个的出版界面临着各种各样的压力,而华东师范大学出版社对我作品的出版有增无减。我最新的长篇小说《希拉里、密和、我》以及读书随笔集《伟大的抑郁》和长篇小说《遗弃》的最新版本(第四版)很快就将与读者见面。

《伟大的抑郁》是一本什么样的书?

这又回到了"重写"的话题。2012年由上海三联书店出版的《文学的祖国》市场不错,好评很多。但是,我自己却一直都并不满意。2014年底,我对其中涉及文学的作品进行了"重写的革命",并且交给了北京三联书店出版。这就是《文学的祖国》(新版)的由来。2015年11月初,我又对其中非文学类的那一部分作品进行了"重写",再加上从《一个年代的副本》里取出的一组短文,结集而成了《伟大的抑郁》。这本书表面上是关于书的书,实际上是关于人的书。它的篇幅不大,涉及的话题却很广,相信也会深受读者喜爱的。

《希拉里、密和、我》是您的第五部长篇小说,您因此给了它"老五"的爱称。我知道它讲述的是一个爱情故事,两个异族女性与一个中国男子之间离奇的爱情故事。您的灵感来自何处?您说过人的脆弱和孤独是您全部作品的主题,这样一部关于爱情的长篇小说是在从哪个角度切入这一主题的呢?

那还是在2011年的年初……《白求恩的孩子们》在出版过程中遇到的巨大阻力让我陷入了极度的绝望。我感到自己已经站在了死亡的边缘。我不想那样在绝望中死去。我开始对自己施行一系列的拯救,其中最重要的就是每天冒着严寒去皇家山顶上的露天溜冰场溜冰。就是在那一段生死挣扎的时间里,《希拉里、密和、我》中的两个人物的原型出现在我的视野里。她们中的一个是坐在轮椅上不停地写作,一个在溜完冰之后马上又去滑雪。行踪都有点奇特,举止都有点古怪。但是,她们与皇家山的静谧和孤独那样协调,而她们的生命力却与令我绝望的现实形成强烈的反差。她们分散了我对自己的注意。她们激起了我对历史、中国以及全球化进程的思考和想象。脆弱和孤独是"爱"的失去造成的,是"真"的残酷造成的……这种想法将我带到了历史的深处和生活的尽头。我在那个冬天结束之前就已经知道我将来一定会以她们为原型写出一部长篇小说。当然,我没有想到它会在五年之后就瓜熟蒂落。我以为会需要更长的时间。也许是我对"爱"和"真"的困惑导致了这部作品的早熟吧。

被许多人视为是"经典"的长篇小说《遗弃》有着传奇的经历,在出版界享有盛誉。它最新的版本是否又做过重大的改动?这一次的出版有什么特殊的意义?

刘再复先生称《遗弃》是"等待共鸣的奇观",这种定位至今还有意义。《遗弃》带来了许多的问题:比如八十年代的社会状况、八十年代的青春生活、八十年代中国社会与西方思潮的关系、八十年代的父子关系和两性关系,还有写作的价值、反抗的意义等等。《遗弃》的确已经"享有盛誉",但是对它的阅读却还很不充分。这就是这次出版的意义。当然,前一个版本的印刷质量低劣,为许多读者诟病,这也应该是这次出版的意义之一。前一个版本是彻底的"重写本",这次只是对"重写本"做了进一步的完善,没有太大的改动。《遗弃》在这个世界上已经存在二十七年了。它的确是充满了"传奇"色彩的作品。最近一期(第八期)的《作家》杂志刊出了我关于它的最新访谈,许多的"料"都已经在那里"爆"过,我在这里就不再重复了。

《好文学的坏运气》这篇文章大概写于2008年吧。八年过去之后的今天,特别是经过2012年以来的这"高潮迭起"的四年,您对自己的文学是好文学当然更不需要怀疑了,但是,"坏运气"呢?您认为您仍然在受"坏运气"的困扰吗?您心中的"好运气"又是什么呢?

好文学的坏运气是文学史上的经典现象。但是,"坏运气"在不同的写作者身上会有不同的表现。我完成过五部长篇小说,而其中的两部至今无法抵达大陆的读者,这是我的"坏运气"。这种"坏运气"并没有因为我的"高潮迭起"而消除:《一个影子的告别》的原稿是在1989年1月完成的,至今已经二十七年了。而《白求恩的孩子们》的原稿是在2009年完成的,至今也已经过去了七年。这两部作品都有很高的文学价值,也有很强的可读性,却还不能在大陆出版。在我看来,写作者的"好运气"就是作品与读者之间的渠道畅通无阻,就是作品能够直接抵达"用户",由读者去审查、去评判。好文学总是与坏运气并存,这是许多写作者必须面对的"辩证法"。这也是我不断强调写作者对写作必须具备"宗教狂热"的原因。马丁·艾米斯曾经称写作是反对陈词滥调的战争。在这个时代,陈词滥调更为陈腐、更为泛滥,这场与陈词滥调的战场比其他任何时候都更为艰难、更为激烈。写作者其实别无选择,他只能置"坏运气"于不顾,向"死"而写。

后记:

这篇访谈于 2016 年 8 月 17 日由百道网推出。访谈提纲由记者杨玲提供。

"童话"和"神话"

您写关于"全球化"题材小说的想法是什么时候开始的？是什么触动了您？

我相对成熟的写作开始于八十年代的中后期。那正好是"全球化"过程开始加速的时候。这历史的浪潮在我最早的小说集《不肯离去的海豚》和《流动的房间》里就已经留下了鲜明的印迹。而"深圳人"系列小说集《出租车司机》和"战争"系列小说集《首战告捷》里的不少作品更是在自觉地探讨"全球化"过程对人类社会和个体命运的影响。但是，真正让叙述者置身于"异域"的尝试还是从长篇小说《白求恩的孩子们》开始的，也就是在2009年左右。那部作品从一开始就挑明了"我"的移民身份：他是一位居住在蒙特利尔的中国学者。而《希拉里、密和我》直接就是一部献给"全球化"大时代的作品。它激情地介入了困扰这个时代的两个关键问题：一是"真"的问题，一是"爱"的问题。我出生于六十年代。我们这一代中国人在儿童时代几乎每天都能听到的歌是《国际歌》。"国际视野"成了我们与生俱来的生理特征。在不久前的一次访谈中,我谈到过"全球化"与文学的关系。我认为"全球化"过程发展到今天已经开始动摇"人性"的边界和根基。从这个意义上说,这个时代既为文学提供了前所未有的机会,也对文学提出了前所未有的挑战。

写《希拉里、密和、我》用了多长时间?是什么力量推动您去牵引着故事不断发展?

写作是从 2015 年 11 月 13 日开始的,到 2016 年 2 月 21 日结束,用了整整一百天,比写作《空巢》所用的时间要长一点。其中一半的时间用于初稿,一半的时间用于修改和定稿。推动我写下去的力量主要是一些"负能量",比如我对这个时代的"轻"的不满和我对这个时代的"浮"的担忧。在最近这四年时间里,这种不满和担心变得越来越强烈。经过五年时间的集结,这些"负能量"已经足够强大,终于让生活的"原型"裂变为了小说的人物。当然,对"真"的渴望,对"爱"的迷恋以及对写作的崇敬等等的"正能量"也在创作的过程中起到了辅助的作用。

这部小说如同一部莎士比亚的戏剧,故事有很大的时空跨度,而舞台却又始终围绕着严冬,围绕着冰天雪地的皇家山上,这种戏剧化的设计是出于什么考虑?

我是在 2010 年到 2011 年之间的冬天在蒙特利尔的皇家山上遇见作为小说人物原型的那个身世神秘的东方女人和那个行踪诡异的西方女人的。也就是说,这个小说的舞台完全是自然形成的,不是出于人为的设计。或者说,舞台的设计者是"上帝"吧。东方女人专注的写作和西方女人专长的莎士比亚使这天然的舞台向文明和历史开放,并且与圆明园的遗址形成激情的对应……整个故事因此获得了特殊的时空跨度。

这部小说是一部由若干爱情故事组成的作品。为什么里面所有的故事都很悲凉?其根源是什么?这也与"全球化"有关吗?

是的,哪怕是出现在"结束的结束"一段里那个貌似温馨的爱情故事最后也因为"我"想到死后与谁埋在一起的问题而带上了忧郁的色彩。仔细想来,我全部作品里面的爱情故事都很悲凉。根源可能很复杂。内因当然隐藏在我个人心理的迷宫里,在我的"本我"、"自我",甚至"超我"里;而外因就是已经无法逆转的"全球化"过程。"全球化"过程加快了人类的生活节奏,刺激了人类的物质欲望。通信技术和交通工具的极限发展令信息泛滥、时空错位,对生活中的"真"和"爱"形成了毁灭性的打击。爱情作为"最古老的喜悦和悲伤"的确已经离现实生活越来越远了。我们都知道,所有童话般的爱情故事都有一个以"从此"为标记的幸福的结尾。那是排除了一切不安定因素的结尾。而"全球化"过程打破了这"从此"的美梦。它用先进又廉价的通信技术和交通工具将不安定的因素引入到了人类生活的各个角落,包括本应该是最安全的"主卧"。

在小说的一开始,"我"与临终前的妻子流露出了对移民的悔意。我们知道,您已经移居海外多年。这种悔意代表您对移民心态的总体判断吗?

那种流露只是"我"对亲人死到临头的一种正常反应。在叙述上,这当然也是为故事后来的发展所做的铺垫。它不代表我对移民心态的总体判断。移民是一个非常复杂的过程。而且每个人的情况不一样,每个人的感受不一样,每个人不同时候对同一种待遇的感受也不一样。我自己的选择具有强烈的精神色彩,而我的移民生活也完全受精神的主导。这导致了我对许多事物的不同看法,我从来没有想过要买房子,我也从来没有想过要去学一个可以方便找工作的专业,而在零下二十多度的黄昏里背着四十斤的"柴米油盐"走两三公里的路回家,对我也不是一种屈辱,而是一种享受。我的许多故事就是在那样的行走中形成的。我写过一篇《文学与剩饭》的短文,爆料说我多年的年饭都是"剩饭"。这也被我当成是一种荣耀,因为我的许多作品都是在春节期间吃着"剩饭"完成的。要知道,在移民之前,我只是一本书(《遗弃》)的作者,而今天我已经是二十本书的作者。我的移民生活是一个非常特殊的例子,它呈现了精神生活的可能,它见证了精神生活的力量。

"王隐士"是这部作品中的一个关键人物。在准备结束自己的移民生活的时候,"我"想起了"王隐士"关于"回家"的论断:"移民最大的神秘之处就是它让移民的人永远都只能过着移民的生活,永远都不可能回到自己的'家'。'回家'对移民的人意味着第二次'移民'……'你永远回不了家,你是所有地方的陌生人!'"显然,这个"家"不是指物理意义上的居所,它指的是什么?

"王隐士"是一位"智者",他不断用抽象的问题将"我"带到哲学的高度。他的见解对"我"的性格发展起到了关键性的作用。他所说的"家"的确不是物理或者生理意义上的"安身"的居所,而是足以"安心"和"安神"的精神意义上的归宿。那个物理或者生理意义上的"家"已经被"全球化"的惊涛骇浪彻底摧毁了。一位伟大的历史学家在他分析"全球化"过程的论文中说,从二十世纪八十年代之后,人类的生活已经不再需要历史了。这是很深刻的观察。它从一个特殊的角度呼应了"王隐士"的论断。小说叙述者"我"就是带着这样的"先入之见"回到中国的。他没有任何的幻想,他没有"回家"的感觉。表面上平静的结尾其实有很深的绝望。对他来说,"家"也许就是凝固在他在蒙特利尔经历的最后的那个冬天里的迷惘、伤感和激情。那是他的生命"从此"不可能逃离的地方。

希拉里、密和、"我"这三个人物的情感遭遇都与"失去"相关,他们的"失去"有没有共通的属性?他们命运的碰撞又有没有现实的指向?

是的,《希拉里、密和、我》是关于"失去"的作品。三个主要人物在皇家山上相遇的时候都在遭受"失去"的折磨。他们的"失去"都与"真"有关,都与"爱"有关,都与作为终极和归属的"家"有关。这是他们的"失去"的共性。而写作和文学让他们的命运在严寒的皇家山上碰撞,这种碰撞用激情颠覆了屈辱,将意义还给了生活。因此,《希拉里、密和、我》也同样是一部关于"获得"的作品。它带来了一个冬天的"童话",它带来了一个时代的"神话",它让我们看到了只有精神生活能够创造的奇迹。"全球化"时代的现实生活已经离"精神"越来越远了。从许多语言现象就可以看出这一点,比如"高大上"这样的词,原来纯粹是精神的标志,现在却完全成了物质的标签。小说人物命运的碰撞在提醒我们,现在到了应该"回家"的时候了。我们应该回到精神生活中去,那是意义的源头,那也是奇迹的居所。

您的上一部长篇小说《空巢》关注的是中国,而《希拉里、密和、我》转向了世界。对您而言,这是不是一种逻辑上的发展?

我前面说过,我的视野从来就很"国际",这应该是出生于六十年代的中国人的共同特点。那时候,我们有许多世界级的"精神之父",如马克思、恩格斯,如"不远万里来到中国"的白求恩。我们也有许多世界级的"人民公敌",如托洛茨基,如赫鲁晓夫。而"帝国主义"、"殖民主义"、"全世界人民的大解放"等等带有强烈"全球化"色彩的词语完全是我们少年时代日常语言中的一部分。在《空巢》之前,长篇小说《白求恩的孩子们》已经在思考中国与世界的关系问题。《空巢》虽然聚焦于中国的现实和历史,"全球化"也是它重要的背景:叙述者的两个孩子一个生活在欧洲,一个生活在北美,而邻居"老范"也曾经在美国生活,并且险些亲历了对"全球化"过程造成最大打击的"9·11"事件。我接下来要写的仍然是一部立足于中国的作品,但是同时,它与人类文明也有非常奇特的联系。

在您的作品中,自传的成分往往能占到多大的比例?《希拉里、密和、我》算是您的"移民自传"吗?

我现在越来越相信作品与生活(尤其是内心生活)之间的亲缘关系。我甚至相信所有的作品都是"自传体"的。但是,作家的"自我"是非常分裂的,它经常可以同时在不同的人物身上呈现,而作家的"自我"又是非常膨胀的,它甚至可以超越现实,直逼想象力的边界。正因为这样,我们根本就无法估算一部作品自传成分的比例。比如在《白求恩的孩子们》里面,小说的自传成分就渗透到了多个人物。我曾经说过小说中那个在十三岁就已经自杀的孩子比依然还生活在蒙特利尔的第一人称叙述者更具备我的自传特征。《希拉里、密和、我》中的两个女性人物的"原型"也都与我在生活中相遇过,而我却没有遇见过其中的"我":我自己从来没有开过便利店,我自己也从来没有听到过"王隐士"的教诲;我更不是四川人;我在大学里学的也不是新闻等等。这部作品不是我的"移民自传"。它只是我用汉语完成的一个"童话"和一个"神话"。

《希拉里、密和、我》始终贯穿着一种孤独、冷寂的色调。您在生活中的状态大致是什么样子?您会把生活状态当成文学状态吗?

我有非常随和又略带羞涩的外表,这从我的许多照片上都能够看得出来。我在生活中的状态与我的这种外表也比较一致。但是,忧郁却是我最重要的精神气质。我在少年时代就注意到了这一点。在十一岁左右,我就对自己家庭拥有的那一点点特权充满了负疚的情绪,我的目光总是对生活中最脆弱的角落异常敏感,也充满了悲悯。这种忧郁的气质固执地渗透到了我整个的写作生涯之中。在精神的层面上,我的生活状态与文学状态的确无法分离。

许多知名的学者和作家对您的作品有很高的评价。作家残雪甚至认为您的一些作品达到了"博尔赫斯的高度"。对这样的评价您自己怎么看?您对博尔赫斯又怎么看?

我对写作抱有一种类似"原教旨主义"的宗教狂热。写作的过程往往都如同朝圣之旅,充满千辛万苦。来自专家的"很高"评价当然是巨大的安慰。至于某一个具体的参照,我倒是从来都没有在意过。博尔赫斯是二十世纪文学的奇观。他从书籍中获取灵感的特殊才能弘扬了从《堂吉诃德》以来西方文学重视知识的传统。我自己的写作在一定程度上也与这种传统相连。值得注意的是,博尔赫斯还是自觉又激情地将"全球化"的世界观带进文学作品的写作者之一。我不知道他如果活到"全球化"过程已经发展到极限的今天,看到书籍正在退出历史舞台,看到他情有独钟的欧洲已经变成了恐怖活动的前线,看到理性的力量已经无法抵挡情绪的力量……他会怎么去想象他的下一个故事。你的问题还让我想起一件趣事。三年前,在北京的一次活动中,我第一次见到著名书评人梁文道。我问他是否听说过我。他说:"当然,你是作家们的作家。"这种回答说明他不仅仅是"听说"过我。谁都知道,"作家们的作家"是博尔赫斯在西方文学界的标签。

您曾说过,"在这个时代,我仍然用古典的方式在写作,我仍然想回到古老的情感之中,纯粹的快乐、纯粹的忧伤……"您所理解的"古典"是什么样子?它与"现代方式"的差异在哪里?

我想,福克纳1950年12月10日在诺贝尔领奖台上的简短发言中强调的那些"古老又普世的真理"可以作为第一个问题的回答。这些真理是:爱情、荣誉、怜悯、骄傲、同情、牺牲、勇气和希望。它们与"现代方式"中的价值观念的不同在于:第一它们重如泰山,第二它们历史悠久,第三它们具有普世的价值。伟大的文学作品一定是有重量的,一定是经得起时间考验的,也一定是有益于全人类的。

2012年开始,您一直保持着不可思议的创作和出版势头,五年间出版了将近二十部高质量的作品。您也因此成为这五年之内中国文坛曝光率最高的作家之一。是什么导致了这文学史上罕见的"爆发"?

我曾经将我这五年间的"爆发"归功于我的"孤陋寡闻":我从不用微信,很少上网,也没有虚拟的"朋友圈"……在信息泛滥的时代,能做到"孤陋寡闻"很不容易。不受信息打扰的生活就如同陶渊明想象中的桃花源。我在那里专注地播种、辛勤地耕耘,最后终于有了这令人不可思议的收获。

您不认同"中国文学最迷人的异类"标签,为什么?在主流与非主流之间,您走的是怎样的一条路?

我不认同所有的标签。标签如果不是对人性的歪曲,至少是对生活的简化。我是中国文学的版图里少数将文学当成"宗教"的写作者之一。我坚持文学的"独立性"、"批判性"和"探索性"。这种坚持让我注定不可能成为市场上的主流。同时,我又坚守文学固有的法则和纯正的传统,与许多"无法无天"的非主流派别也相距甚远。还是不要急于给我选择的这条道路命名吧。关键是要不停地写下去,要用一部一部的作品让这从来没有人走过的路不断地延伸下去。

......

后记:

这篇访谈部分以"访谈"形式,部分作为"报道"内容发表于2016年10月11日《长江日报》关于《希拉里、密和、我》的专版。最初的访谈提纲由记者宋磊提供。

前所未有的机会和挑战

让我们先从《希拉里、密和、我》的结尾开始吧。经历了蒙特利尔最奇特的冬天之后,"我"决定结束自己的移民生活。这是符合小说逻辑也令人伤感的决定。之后,"我"与女儿道别的过程洋溢着"和解"的气氛,有点出乎意料;接着,那位"温馨"的护士长的出场也一定会让不少的读者感觉意外,当然最后还有《空巢》的"现身"……您将小说的结尾称为"结束的结束",为什么在最奇特的冬天结束之后,还要安排另一个充满着这些意外的结束?

我想这是出于叙述本身的要求。因为"最奇特的冬天"的结尾充满了悬念,或者说是一种开放的结尾:希拉里下落不明,密和也前途未卜,"我"又似乎马上要回到"开始的开始",回到那种绝望的"空巢"状况……这时候,一些比较实际的"逆转"能够让叙述安全着陆。许多经历过儿女反叛期的父母都知道,"和解"的出现经常出乎意料,就像"反叛"本身一样。而小说中的这种"和解"直接将"我"带到了抵达异乡之后的第一天,也缓解了离开的压力。经过了整个冬天的喜悦和忧伤,这种缓解是必需的。"温馨"的护士长起到的也是类似的作用。她让"我"有了淡淡的归宿感。《空巢》的出现也符合小说的逻辑。它促成了"我"与父亲的和解,也促进了"我"对护士长的了解。其实最开始,我是想让"我"不喜欢我自己的这部作品的。是叙述逻辑的需要让我改变了初衷。

"我"、希拉里、"王隐士"以及密和这几个人物都有对自身遭逢是出于偶然还是出于必然的追问,尤其在"我"那里,这种追问多次出现,这是否也是您自己的追问?

是的。这也是我的许多作品,甚至可以说我的所有作品的追问。《白求恩的孩子们》就是建立在这种追问的基础之上的:他"不远万里来到中国"到底是出于偶然还是出于必然?整整两代中国人的生活因为他的"来到"而改变了:他的精神塑造了我们的性格,他的事迹确定了我们的视野……而我们如今生活在全球化的时代:信息和技术的力量进一步放大了偶然的魔力,代表必然的真理正在面对着不断的挑战,它正在节节败退。在这样的时代,终极的追问显得更加重要。通过这种追问,我们也许能够找回一点人类生活的意义,也许能够召回部分人类生活的灵魂。

"我"最后一次走进皇家山的时候,突然感到了彻底的幻灭。您好像是想告诉读者:不论是充满精神含量的爱情(出现在"我"与圆明园的少女、希拉里及密和之间),还是浸透物质利益的婚姻,最后都会以分离终结,或者说,无论生命中偶然和必然最后都要同归于幻灭?

"我"最后一次在皇家山上感到的幻灭是一种终极的幻灭,具有强烈的形而上色彩。它是人在追寻"真"和"爱"的道路上必然要遭遇的精神痛苦。"爱情"是生命中永恒的奇迹。它是创造力的根源。它也是艺术创造活动的隐喻。更重要地,它本身就是一种创造性的活动。经历过伟大爱情的生命一定能够超越狭隘的"现实"和低俗的"自己"。任何涉及利益和权力的关系都无法与爱情相比。爱情的喜悦是最值得去享受的喜悦。爱情的忧伤是最值得去经历的忧伤。"我"后悔过婚姻,却从来没有后悔爱情。那个寒气袭人的童话和神话将永远陪伴他的余生。

在短篇小说《出租车司机》里面,您让妻子和女儿因为车祸而离去,中篇小说《通往天堂的最后那一段路程》里面的主人公也已经站在了婚姻的废墟上,而在《希拉里、密和、我》的一开始,您就让妻子去世、让女儿离开……您对婚姻是不是持否定的态度?

死亡是我观察生活的重要视角,所以我的每一部作品都笼罩在死亡的阴影中或者说建立在死亡的基础上。你列举的这三部作品就很典型。"向死而生"成了这些作品的共同特征。我关注的并不是婚姻,而是死亡,这可能是问题的关键。我对婚姻的态度其实具有强烈的理想主义倾向。从你列举的作品里也能够看出这一点。比如出租车司机吧,他妻子和女儿的死改变了他的视角,也改变了他的生活。当然,我对陈词滥调从来就持强烈的批判态度,而婚姻是很容易变成陈词滥调的。

《希拉里、密和、我》中,"王隐士"的一番极具哲理的"布道"让我想到《遗弃》中的图林。我觉得这两个人物有许多的相似性,他们对生活和世界的看法也应该就是您自己对生活和世界的看法。您承认《遗弃》有很大程度的"自传性",《希拉里、密和、我》是否也是您现在心境的写照呢?

你关于"王隐士"和图林的比较很有意思。是的,他们都是"业余哲学家"。他们对生活和世界的看法也的确与我自己的看法非常接近。《希拉里、密和、我》始终都沉浸在忧郁和幻灭的情绪之中,那是对一个时代的忧郁和幻灭。这与我现在的心境也的确十分吻合。经过将近四十年的急剧加速,"全球化"过程已经彻底改变了人类的处境。我相信这种改变在很大程度上是消极和荒谬的。过不了多久,做"王隐士"那样的"逃犯"也将不再可能。无孔不入的信息和无处不在的诱惑已经彻底打破了个人的尊严和生活的秩序。

正因为您的作品之间有一些引人注目的相似之处,您觉得您是一个在"重复自己"的作家吗?或者说,您不过是在用不同的作品来探索同一个主题?

我是一个具有强烈探索意识的写作者,我对形式上的创新有天生的癖好。比较我的五部长篇小说,你就可以很清楚地看到这一点。但是,每一个写作者的主题都是有限的,因此每一个写作者也都在不同的程度上"重复自己"。我并不认为这有什么问题。这是写作这种事业本身的特点。而且,我现在越来越觉得写作与"时代精神"有很大的关系。没有八十年代中国的那种思辨和批判的精神,那种纯粹的"精神性",《遗弃》就完全不可能存在。同一个时代的写作者往往会共享一些主题,甚至一些视角。也就是说,他们不仅"重复自己",还"重复同行"。事实上,他们是在"重复自己所处的时代"。我们处在"全球化"急剧加速的大时代。从上个世纪初开始,"全球化"过程就已经引起写作者的注意,它事实上催生了整个现代主义的文学革命。而最近这四十年,这个过程空前加速。它的影响力已经直逼人类生活的根基,直逼人性的底线。正因为这样,它给文学带来了前所未有的挑战,同时也给文学带来了前所未有的机会。

根据纳博科夫的说法,大多数文学访谈都有点像是智者与小丑之间的无聊对话,或者更差。而您说您将回答访谈的问题当成是一种创作。我很好奇,您觉得谈论您自己和您自己的作品会有助于作品的被认识吗?

纳博科夫的这种说法有点刻薄,却很有道理。关键谁是小丑,受访者还是采访者?我想,这种说法也许就是纳博科夫只接受笔访的原因:他不想让未经深思熟虑的回答将一个智者变成了小丑。我也是几乎只接受笔访的人。我甚至会修改采访者的问题(当然不是内容上的修改,是语言和形式上的修改)。我对访谈的态度其实与纳博科夫的说法相吻合。精心的创作将小丑变为了智者。许多读者都反映我的访谈让他们对我的作品有了更深的认识。这说明访谈的确有"辅助"阅读的效果。更重要的可能还不是对读者的帮助,而是对我自己的帮助。精彩的问题经常会引起我对自己的生活和作品新的思考和认识。这也许就是访谈这种源于苏格拉底的精神形态最令我着迷的地方。

《希拉里、密和、我》中有不少的巧合或者说重叠:不管是八十年代在圆明园遇见的少女,还是三十年后在皇家山上遇见的希拉里与密和,"我"的走近都以阅读和写作为媒介。甚至密和的父母在七十年代的走近也与阅读和写作有关……这是不是您作为创作者的刻意安排?除此之外,密和的父亲说:"哲学和死亡是我的导师。"这更让我有点疑惑,哲学真的能够对一个人产生如此深刻的影响吗?作为读者,我觉得这是因为您对人物进行了薛忆沩式的想象。这种想象让您的作品中的人物具备了类似的气质,成为了"这一类人"。

两个很重要的事实也许有助于消除你的疑惑。第一,这部小说中的两个主要女性人物完全"来源于生活",而不是出自我的想象。我在2010年到2011年间的那个冬天同时在皇家山上遇见了她们。那个东方女性每天都坐在湖边写作,坐在轮椅上写作,而那个西方女人每天都迷惘地看着远处,好像对身边的一切都没有兴趣。我后来知道,她是一位研究莎士比亚的专家。而"我"在圆明园遇见的少女也间接地"来源于生活"。八十年代,我不止一次听人说起他们在圆明园的"艳遇"。那些"艳遇"都与阅读有关,都与写作有关。我那时候也经常去圆明园。很遗憾,我自己从没有经历过那样的"艳遇"?第二,我总是在生活中遇见相同气质的人物。有时候,我甚至会听到这些人在不同的时空里说出同样的话。在关于短篇小说《小贩》的创作谈里,我谈到过自己与"小贩"长达三十三年的关系。我第一次遇见他是在上初中的时候,小说中最暴力的那一幕就发生在我们学校的门外。后来,我又不断遇见"他",在伦敦、在巴黎、在蒙特利尔……相同气质人物的重复出现是生活的神秘或者说诡异之处。正是为了强调这一点,我在《希拉里、密和、我》中刻意安排了一些巧合和重叠,比如在圆明园和皇家山上,《十四行诗》在相距三十年的时间和相隔着一个地球直径的空间里重现;比如密和父亲的话在四十多年之后又被"王隐士"重复。我甚至还暗示希拉里也许就是密和母亲的魅影,而"我"有可能就是密和父亲的幻象。这样,三个主要人物在皇家山上的相遇其实就是密和正在写作的故事的翻版。《希拉里、密和我》是一部向阅读和写作致敬的作品。我相信,世界上许多人的生命可以通过一部作品、一种气质甚至一个意念联系在一起。人类的历史中存在着无数这样神秘莫测的链条,就当它是一种精神的DNA吧。

在上一次百道网对您的采访中,您提到了卡夫卡的《饥饿的艺术家》。那段精彩的回答让我想到一个问题,您小说中的人物与卡夫卡异化世界里的那些人物相似,都是彻底的孤独者。不过您的人物往往带上了哲学的色彩、受阅读的影响很大,而卡夫卡的人物则通过寓言的形式来呈现,不需要借助哲学和阅读的"外力"。加缪也没有借用哲学和阅读就将"局外人"默尔索的孤独表现得淋漓尽致。所以我很想知道,您对自己今后的创作有什么期待?

这是一个很好的问题。这也是一直困扰我的问题。借用物理学的术语,我称它为"参考系"问题。我一共有五部长篇小说,其中《一个影子的告别》、《白求恩的孩子们》和《空巢》这三部都基本上没有用哲学和阅读来做参考系。而我的许多短篇小说，包括最著名的《出租车司机》也都没有用到类似的参考系。《出租车司机》只有一处提到了书：压死了出租车司机妻女的是一辆运送图书的货柜车。"深圳人"系列小说中，甚至还有一篇题为《文盲》的作品，主人公不仅与书没有关系，与字都失去了联系……我举这些例子是想说明我有能力挣脱作为我个人写作标志的参考系，或者说，我有能力更直接地呈现自己的故事。至于有没有必要来一次战略性的大转移，彻底摒弃自己的品牌，我的回答是否定的。以我现在正在酝酿的三个故事为例吧，其中两个故事的主要背景都是"乡村"，但是，它们的主人公却都受过良好的教育，两个故事的中心都矗立着一个显眼的文化坐标，甚至是国际性的文化坐标。没有这个坐标，故事就无法成立。我不喜欢别人给我的写作贴上诸如"精英写作"或者"知识分子写作"之类的标签，但是，我也不会为了避嫌而刻意抹杀自己写作的个性和特色。

后记：

这篇访谈于 2016 年 10 月 13 日由百道网推出。访谈提纲由记者赵芯竹提供。

全球化时代的"真"与"爱"

作为凝结您多年移民生活与经验的长篇小说,《希拉里、密和、我》的背景是"全球化"的大时代。这是继《白求恩的孩子们》之后,您又一次将长篇小说的第一人称叙述者设置在这样的时代背景之下。我很想知道您如何看待当代文学与"全球化"过程的关系?

"全球化"过程的源头也许可以追溯到现代文明的起点。不过,随着冷战的寿终正寝和科技的突飞猛进,二十世纪九十年代之后,这个过程才突然急剧加速,变成了我们所处的这个时代的"主旋律"。"全球化"过程不仅颠覆了人类传统的生活方式,也解构了人类固有的认知方式,扭曲了人类正常的精神状态。它甚至已经开始侵蚀人类价值体系的底线,进而对"人性"也提出了前所未有的挑战。这样的一个时代显然为文学提供了机会。但是,它也给文学出了难题:文学要如何处置"全球化"带来的人类的"身份危机"?文学要如何处置"全球化"带来的生存压力和精神焦虑?……我想,在这个表面上不需要文学的时代,文学实际上更能够大有作为。

中国文学中,自觉地直面"全球化"的作品好像不多。您将这部作品献给这个时代是不是表达了一种期待,期待有更多的作家和作品能够关注"全球化"过程带来的特殊问题?

是的,我希望中国的作家和作品能够对这个特殊的时代有更多的思考和发现,而不仅仅是"乐在其中"。"全球化"过程带来了许多的问题,如"移民"和"难民"、"种族"和"资源",如"环境破坏"和"身份危机"……其实最早的文学经典就已经在关注类似的问题,如荷马史诗,如《圣经》。而二十世纪开始的现代派文学更是对"全球化"过程做出了自觉、激烈又超前的反应。卡夫卡的《饥饿艺术家》就是一个很好的例子。它对"全球化"过程中大众与艺术关系的绝望预言已经被后来的现实反复印证。而马尔克斯的《百年孤独》从一开始就用早已经"全球化"的吉普赛人将主人公带到了孤独的源头:层出不穷的信息和络绎不绝的创意颠覆了真实的时空感觉,喧嚣与躁动激怒了生命中孤独的困兽。还有昆德拉的《生命不能承受之轻》。它看到了生命在"全球化"过程中出现的"失重"现象,它抓住了"全球化"时代的关键字。

与您的上一部作品《空巢》一样,《希拉里、密和、我》也将小说人物生命的真相与中国沉重的历史和浮躁的现实纠结在一起。这两部作品可以说都是求"真"的作品。不过,我注意到这两部作品的叙述策略其实正好相反,《空巢》的叙述策略是不断逃离"真",而《希拉里、密和、我》的叙述策略却是不断靠近"真"。您是否认同我的这个观察?

这是很有意思的观察,我自己以前并没有注意到这一点。《空巢》的叙述的确是由不断暴露的"假"往前推进的。最后,主人公连"真"的警官也不敢相信了:"离开这个充满欺骗的世界"成了她唯一的选择。而《希拉里、密和、我》的叙述却是由不断呈现的"真"往前推进的。最后,三个主要人物生命中的真相终于大白于读者,而发生在蒙特利尔皇家山上的"冬天的童话"也在悲剧的气氛中结束。完全的"真"和彻底的"假"最后都同归于虚无,这好像是"全球化"时代的辩证法。

"最深的孤独就是抓不住真实而产生的孤独,而最浓的乡愁就是对'真实'这最神圣的故乡的乡愁"……我认为,小说中的这句话不仅是这部小说的内核,也是对您全部五部长篇小说的总结。您同意吗?

我相信生命的意义就是去追寻那无法获得的最终极的"真",而我的五部长篇小说的主人公又都是这样的追寻者。这种看法是有道理的。记得《遗弃》主人公做过的那个梦吗?他梦见一个舞女在沙漠的中央劲舞,不断地撩起自己的裙子。我们的"业余哲学家"很快就意识到舞女永远都不可能撩到最后的一层,因为她穿的是一条"无限"的裙子。这个梦,或者说那神奇的长裙就是关于"真"的隐喻。人的生命是有限的,人的认知是有限的,而"真"永远都隐身在无限之中,可以逼近,却无法抵达。

您笔下的"爱情故事"总是弥漫着忧郁和孤独的气息,《希拉里、密和我》中三个主要人物之间的情感纠葛也不例外。但是这部小说有一个"结束的结束":"我"最后在自己的祖国无意中收获了一份温馨的感情。这样的结局与《空巢》直抵死亡的结局形成对比,这是否意味着您世界观的一种变化?

你提到的"温馨"只在全书 277 页的最后 4 页中出现,它不可能冲淡整部作品忧郁和孤独的气息。而整部作品的倒数第二段,叙述者想到了"我将来会埋在哪里呢?会跟谁埋在一起呢?",这两个带着浓厚忧郁色彩的问题反而将刚刚出现的"温馨"完全冲淡了。"爱"也是有限和无限之间的矛盾和纠缠,就像"真"一样。我在中学阶段解那些数列难题的时候就对"无限"这个概念有深刻的领悟和无奈。这种领悟和无奈与从《哈姆莱特》那里获得的虚无主义一起确定了我的世界观的基调。它永远都不会改变。

来无踪去无影的"王隐士"无疑是《希拉里、密和、我》这部作品中的关键人物。没有他惊世骇俗的点拨,"我"就不可能"看见"皇家山上那两位奇特的异性,更不可能与她们建立起有张力的三角关系。但是,我总觉得"王隐士"表达的其实是您自己对"全球化"时代的基本看法……

我的作品里渐渐出现了一种"智者的声音"。《空巢》中的老范就是一位智者。他对世界的看法对叙述者的生活态度和内心活动都产生了很大的影响。但是,他的声音是零散的、碎片的。而"王隐士"的声音就比较系统了。他关于"生活的全景"的长篇大论对"我"性格的改变起到了关键性的作用。"只有看到了生活的全景,才可能看到生活的意义,才可能有意义地生活……"这的确是我自己的看法。而"只有两种方式能够让人看到生活的全景……一是哲学的方式,也就是让那些抽象的问题将你带到思想的制高点;一是死亡的方式,也就是让关于虚无和荒谬的体验将你推到生命的最低处"。这当然也是我自己的看法。

您对语言情有独钟,每一部新的作品都好像是您发掘语言潜力的一次实验,《希拉里、密和、我》也不例外。您如何看待语言与文学作品的关系呢?

我们过去更多强调的是文学作品的故事性和思想性,而在我看来语言是第一位的。作品的故事可以让读者继续去想象，作品的思想可以让学者继续去阐发，但是语言完全是作者本人"独裁"的，是凝固在文本里的，是不能再"继续"的。可以说作者是语言的终结者。正因为这样，我相信对语言的崇敬和负责是一个写作者最基本的职业道德。现在中国的作家们越来越重视语言了，这是一个积极的转向。我相信写作者的语言和写作者对语言的态度在很大程度上也决定了作品故事的格局和思想的深度。

写作和书籍一直是与您的作品密切相关的两个元素。在《希拉里、密和、我》中，"身世神秘的东方女人"密和是在严寒的旷野里坐在轮椅上的写作者，而"行踪诡异的西方女人"希拉里与"我"之间的关系围绕着莎士比亚的《十四行诗》展开。这种与写作和书籍的关系是出自您的想象，还是"来源于生活"？

《希拉里、密和、我》是我继《遗弃》之后又一部向写作和书籍致敬的长篇小说。《遗弃》是一部半自传性的作品，主人公的写作都是我的写作，主人公读过和拥有的书籍也都是我读过和拥有的书籍。而《希拉里、密和、我》中的两个女主人公也有现实中的"原型"，这部作品与写作和书籍的关系完全"来源于生活"。正是这不可思议的生活激发了我的灵感，激活了我的想象。当然，生活要变成文学需要时间的发酵，需要艺术的加工。我是在看见这两个原型五年之后才写出这部作品的。还有,希拉里的"原型"是一位研究莎士比亚的专家,但是她却从来没有与我谈起过任何一部具体的作品。《十四行诗》是我自己的选择。这当然是正确的选择,因为它成功地将生活中的"原型"提炼成了作品中的人物。今年正好是莎士比亚离世第四百年,我的这部作品无意中也成为了在这特殊的年份向文学的主神致敬的作品。

中国的文学好像已经习惯了没有文化的"现实",小说一旦涉及与写作和书籍相关的精神生活,往往就会受到"脱离现实"或者"不接地气"的指责。你担心《希拉里、密和、我》也会遭遇类似的命运吗?

它在投稿的过程中就已经遭遇到了这样的命运。我首先将它投给中国两家最有影响的文学杂志之一。结果,那里所有的编辑都对它评价很低。他们说中国已经没有浪漫和爱情了,这部作品完全脱离了中国的现实。当然,他们也不相信作品中关于写作和书籍的主线"来源于生活"。这些说法和看法让我非常沮丧。接着,我将它投给了《人民文学》杂志,获得的反馈正好相反,那里所有的编辑都喜欢这部作品。他们认为正是因为"没有",文学才要更虔诚地去追寻浪漫和爱情。后来因为我不同意删节,作品还是交给《作家》杂志全文刊出。现在,这部作品的单行本已经上市一段时间了,各地读者的反馈也都非常积极,这对我当然是一种安慰。通过这一次的波折,我对"文学应该关注什么"的问题有了更肯定的回答。"全球化"过程已经彻底改变了中国的"现实":贫穷落后的村景正在离我们远去。而在喧嚣的背景之下,内心的骚动变得更加清晰,更加真实。我相信今天的中国文学应该具备一种与"全球化"时代相适应的新的"现实"感了,或者说中国文学到了应该真正关注中国人精神生活的时候了。

....

后记:

这篇访谈于 2016 年 10 月 20 日发表于《北京日报》。最初的访谈提纲由评论家冯新平提供。

隐居在皇家山下的中国文学秘密

"深圳人"系列小说的英译本去年秋天出版之后立刻引起了加拿大主流媒体和文化界的关注。相关的情况在去年11月《亚洲周刊》对您的专访里已经有详细的报道。最近一段时间,又有关于这本书的新进展吗?

11月27日,加拿大国家广播公司在星期天黄金时段的节目里播出了关于这本书的一个专题报道。同时,11月出版的《加拿大文学书评》也刊出了一篇关于这本书的书评。那应该是从去年7月份以来在加拿大媒体上陆续出现的书评中最有分量的一篇。12月,加拿大国家广播公司的读书节目又邀请我参加了一个作家之间互相就文学和创作提问的活动。这个月出版的蒙特利尔《城市》杂志上也发表了一篇由"蓝色都市文学节"(蒙特利尔当地最重要的文学节)的一位负责人撰写的书评。新年开始,更多的好消息传来:4月底的"蓝色都市文学节"上将有两场关于"深圳人"的活动。而多伦多公立图书馆邀请我5月底去参加他们一年中最重要的作家系列活动。在关于"深圳人"一个小时的专场活动里,除了朗读和签名之外,我还将接受加拿大一位著名作家和学者的采访。另外,我还可以先在这里透露一个小秘密:我刚得到通知,"深圳人"系列小说的英译本获得了一个文学奖。这是它在西方主流文化世界里获得的第一个文学奖。具体的细节将在不久后举行的新闻发布会上公布。

这样的关注程度对于一部从汉语翻译过来的短篇小说集有点不可思议。我从有关的报道得知,您去年10月也获邀去参加了温哥华国际作家节。那是加拿大级别最高的两大文学节之一。您可以介绍一下在文学节期间读者对《深圳人》的接受情况吗?

我在温哥华国际作家节上的两场活动都非常成功。第一场活动是与邓敏灵(Madeleine Thien)和一位新西兰作家之间的对谈。邓敏灵是加拿大最近二十年来很活跃的作家,去年更是红极一时:不仅拿下了加拿大两个最大的文学奖,还进入了布克奖的终选名单。而主持我们活动的是加拿大兰登书屋的负责人,加拿大最大的出版商。这是一场门票提前售空的活动。活动过程中,读者的提问非常踊跃。活动之后主办方收到的读者反馈也非常热烈。而第二场活动是与一位美国作家和另外两位加拿大作家的对话。效果也非常好。活动之后,现场居然出现了读者排队购买《深圳人》的场面。值得一提的是,温哥华公立图书馆利用我去那边的机会破天荒地在不到一个月的时间里为《深圳人》安排了专场双语活动。他们还用最快的速度从国内买齐了我的全部作品。活动当天,温哥华狂风暴雨,却还是来了不少热心的读者。而八十四岁高龄的原台湾《联合文学》主编马森先生特地从维多利亚岛赶来主持活动,尤其令人感动。

"深圳人"系列小说是您用十六年的时间创作完成的作品。2013年,小说的单行本《出租车司机》出版之后,立刻引起了国内媒体的极大关注,并获得当年的"中国影响力图书奖"。但是我们都知道,中国的文学作品是很少能够引起西方普通读者的兴趣的。您认为是原作中的哪些因素让《深圳人》走向了世界?

因为蒙特利尔最大的英语报纸用几乎整版的篇幅登出他们文化版主编对我的专访,我这个一直隐居在皇家山下的普通移民突然暴露了身份,变成了当地的"文学奇观"。有不少的邻居都去书店买了"深圳人"系列小说的英译本找我签名。依然健步如飞的九十四岁的克劳迪娅不仅自己买了一本,读完之后,她又买了两本送给她在欧洲的朋友做圣诞礼物。我去为圣诞礼物签名的时候,她评价说,我小说的人物都很"emotional"。这准确的评价足以说明她读懂了我的作品。而两天前,名为让·马力的邻居在马路上拦住我。他说他刚读完小说集中题为《村姑》的第一篇。他说他被感动得流下了眼泪。他还说他以前对虚构作品没有什么兴趣,《村姑》改变了他,他将来会去读更多的虚构作品。我很高兴来自普通读者的这些积极反应。在我看来,它们与专业书评的赞誉具有同等的价值。我相信是作品对内心痛苦的体悟和悲天悯人的情怀让它们走进了完全生活在不同语境中的读者吧。我还记得第一位在渥太华的文学节上买到这本书的读者在给我的邮件中说书中的每一篇作品都能让她产生强烈的共鸣。

我从网上看到一本名为《渡:书的信仰》的书,是《新京报·书评周刊》十多年来封面专题的一个精选集。入选的十四篇专题涉及十四位中西作家。其中有十三位作家的名字对普通中国读者可以说是如雷贯耳,如门罗、希尼、特朗斯特罗姆、马尔克斯和莫言等这些诺贝尔文学奖得主。看到自己的名字与那些耀眼的名字并列在一起,您会有什么感觉?

"深圳人"系列小说被一些评论家当成是中国"城市文学"的代表。《新京报·书评周刊》关于我的封面专题就是在系列小说以《出租车司机》为名结集出版之际刊出的。在作为专题重点的访谈里,我从很有意思的角度、用很有意思的语言谈到了与"城市"和"文学"相关的一些很有意思的问题。那是一个准备得非常充分的专题,刊出之后马上就获得了广泛的好评。我想,这就是它后来被选进那本精选集的原因。我已经不是第一次看到自己的名字与那些如雷贯耳的名字并列在一起了,并不会感觉到特别的嘈杂和刺激。八年前,花城出版社将"薛忆沩"收入他们选编的"中篇小说金库"。金库的第一辑共有十二部作品:它们从《阿Q正传》开始,以我的《通往天堂的最后那一段路程》结束。我当时倒是有受宠若惊的感觉,还多次用自嘲的口气解释说那里面有十一位中国现当代文学里的神与半神,却只有一个凡人。而刘再复先生在读完我的那本专集之后,在香港《明报》上发表了一篇题为《阅读薛忆沩小说的狂喜》的读后感,肯定这个"凡人"其实也有"超凡"的才能。那是发生在2010年年初的事情。现在每次回想起自己随后的文学业绩,我真是有点佩服刘再复先生在读后感中表现出来的胆识。后来,北京三联书店出版"薛忆沩文丛"的时候,出版社也将我的名字与他们出版的那些"大家"的名字并列在一起。而最近这半年来,加拿大的书评人也经常将我的作品与乔伊斯和贝克特的作品相比……我是一个虔诚的写作者,对"卑微"有深刻的认识和顽固的信仰。世俗的虚名和实惠对我都不是诱惑,从来都不是,永远也都不会是。

您无疑是中国当代文学中最重要的作家之一。尤其是最近五年来,您每年都有两部以上的作品由著名的出版社推出,2012和2016这两年里出版的数量甚至高达五部。而且这些作品是"一色的精品",备受关注。著名书评人梁文道称您是"作家们的作家",这个评价清楚地标明了您在专业人士心目中的地位。但是我知道,普通读者对您的作品其实并不了解,或者说不够了解吧。您如何看待这种认知上的反差?

我曾经写过一篇题为《好文学的坏运气》的文章,爆料自己在文学道路上遭遇的阻力和坎坷。其实,好文学从来都是备受坏运气困扰的。这好像是好文学本身的宿命。作为一个坚信文学的独立性和自主性的写作者,我从来就不肯向正统的意识形态低头,也从来就不肯屈从市场的风向、迎合大众的趣味。我遭遇坏运气的机会当然会比一个普通的写作者要高出更多。我对此没有抱怨。事实上,这些年来,越来越多的普通读者在走近我的作品。有评论家说这是中国的文学欣赏水平在不断提高的标志。

还有一个有趣的现象,也与您奇特的文学身份相关:您长期居住在国外,理所当然应该是"海外华文作家"中的一员,而且应该是最重要的一员。但是,据我所知,绝大多数从事"海外华文作家"研究的学者和学生并不熟悉您的作品,对您的研究也与您的文学地位极不相称。多年前,残雪就曾经在文章里称对您的忽视是中国文学界的"耻辱"。我想海外华文文学研究者对您的忽视也是值得深思的状况。您如何看待这种忽视?

去年马森先生为一套大部头的"海外华文文学史"写过一篇

书评。那大部头里有专门关于加拿大的一本,其中又有专门关于魁北克的一章。马森先生关于这一章的质疑非常简单,关于魁北克华文文学的一章为什么没有涉及当地华文文学中最重要的作家呢?我自己对被研究者忽视和被研究者重视的态度其实是一样,我都不在乎。我是一个虔诚的写作者。被研究者忽视和被研究者重视从根本上对我的写作不会有任何影响。忽视我不是我的问题,是他们的问题。更何况,你们的这个专题刊出之后,情况也许马上就会改变呢。

您三十年的文学创作成果主要可以分成长篇小说、中短篇小说(包括微型小说)和随笔这三个类别。因为篇幅的关系,我想请您集中谈谈您的几部长篇小说。九十年代后期,您的第一部长篇小说《遗弃》在沉寂八年之后被中国的知识精英发现,成为媒体关注的文化明星。许多评论家都强调小说对"个人状态"的深入探讨填补了中国当代文学的一个空白。"个人状态"其实也可以说是您后来所有长篇小说的核心主题,是这样吗?

是的。"个人状态"或者说个人在历史和社会的状态是我所有作品关注的主题。《遗弃》的主人公是一个热爱哲学又痴迷写作的年轻人。他与社会格格不入,始终都以反叛的姿态在寻找个人的出路和人生的意义。这种反叛和这种追寻是具有普世价值的。正因为如此,他关于一个特殊年代生活的见证才会引发后来一代代年轻读者的共鸣。《遗弃》也许是中国当代文学里最富传奇色彩的作品。用一位评论家的话说这本"旧书"是不断的"新闻"。它最新的版本很快又要与读者见面了。《空巢》的主人公是一位遭受电信诈骗的八十岁的老人。年龄给她提供了审视历史的有利角度。她将对"个人状态"的剖析转变成了对历史的反思。《希拉里、密和、我》搭建在更为广阔的国际视野上,三个人物的"个人状态"为读者打开了认识"全球化"时代的一个特殊的窗口。

这几部长篇小说虽然都专注于"个体生命"这一主题,在艺术形式上却有很大的变化。这种变化是您刻意的追求吗?看得出来,您现在依然保持着当年创作《遗弃》时的那种先锋的锐气。在您看来,艺术上的创新对写作意味着什么?

艺术上的创新是写作的生命。西方现代派文学运动的主要推动者庞德曾经将中国儒家"日日新"的伦理追求转变为他们的文学纲领。这种形式上的不断创新也是我信仰的艺术准则。"日日新"也许要求太高了一点,但是我至少想做到"本本新"。所以,我创作的准备过程总是内容等待形式的过程。有时候一等就是五年,有时候一等就是十年……而"深圳人"系列小说中我自己最偏爱的《小贩》,我一共等待了三十三年才等到它最完美的形式。回到我的五部长篇小说吧,它们的形式各不相同:《遗弃》的主体部分是主人公留下的日记,而《白求恩的孩子们》采用的书信体;《一个影子的告别》以不同的告别对象为单位来展开故事,而《空巢》将一天中的二十四个小时分成十二个时段作为故事发展和人物心理转换的单元;《希拉里、密和、我》则通过对三个主要人物不断轮转的聚焦来推进叙述的线索。

《空巢》在百道网 2015 年公布的中国小说百强榜中高居首位。它也被许多人认为是近两年来海外华人创作在华人世界里最有影响的作品。《空巢》不仅创造了良好的销售业绩,上海电影集团也曾经发布要将它改为电影的消息。通过《空巢》,您的作品第一次走近了"大众"。作为一位注重"经典化"的作家,您如何看待"经典化"与"大众化"之间的矛盾?

《空巢》获得精英读者的青睐是因为它从一个特殊的角度反思了中国近百年来的历史。而它引起大众的兴趣是它触及了许多的社会问题,其中最重要的当然是让今天几乎所有中国人都深受其害的电信诈骗。但是,很多人注意到我审视社会问题的角度其实也非常特别:它根植于个人的生命体验和困惑,具有形而上的质地。进入"现代"之后,"经典化"与"大众化"的矛盾已经变得非常尖锐了,卡夫卡在《饥饿艺术家》中对这种尖锐有最感人的呈现。而进入"全球化"的时代,这种矛盾更加尖锐,甚至到了不再能够理喻的程度。需要专注和信仰支撑的"经典"已经不复存在了。在这个时代,大众就是权威,大众就是经典。对于一个像我这样视文学为宗教的写作者,这样的等式当然是错误的,但它却是这个时代的"真"相,毋容置疑的"真"相。这也许就是这个时代的荒谬之处吧:它"真"在它的错,它错在它的"真"。

您正好提到了我们所处的这个时代。而您最新的长篇小说《希拉里、密和、我》就是一部献给"全球化"时代的作品。您在其中谈到了今天困扰着中国人日常生活的一些问题,如空气污染、食物安全……但是,您更注重的却是这个时代里人的精神生活,尤其是人对"真"和"爱"的态度。您笔下的人物大都非常悲观。您自己对"全球化"的前景是不是也有很深的忧虑?

我们这一代中国人从小就深受马克思主义的熏陶,崇拜的偶像里面也有不少像白求恩那样的国际主义战士。"全球化"本来应该是与我们的精神状态非常吻合的历史潮流。但是最近这二十年来,随着这个过程的急剧加速,它却越来越偏离精神的轨道,同时在物质的沼泽里越陷越深……加上四处泛滥的信息、无所不在的诱惑以及肆无忌惮的消费,人的注意力已经被彻底击溃,还有人对细节的痴迷和眷恋……希拉里、密和、"我"这三个人物从自己特殊的人生经历里看到了一个时代的荒谬,他们的相遇是出于偶然还是出于必然,很难说得清楚,而他们的离散却无疑是这个时代导致的必然结果,因为在这里,他们已经无法找到"真"的理据和"爱"的根基。小说完成之后每次接受采访,我都会流露出对这个时代悲观的情绪。我想我应该多少是受了自己创造的这些性格忧郁的人物的影响。

不管是在国内,还是在海外,不管是在汉语的语境中还是在其他的语境中,像您这样不断对自己的作品进行"重写"的写作者恐怕是绝无仅有。触发您对旧作进行"重写"的原因是什么?还有,为什么您的"重写"能够百发百中,每一篇都获得重新的肯定?

去年一位南京大学的博士生来邮件说他准备以我的"重写"作为他博士论文的选题。他说解放初期,有过一些知名的作家出于政治上的需要重写过自己的少量作品,而纯粹从艺术的角度出发进行重写,并且是重写自己几乎全部的作品,这在一百年中国新文学的历史上还没有先例。关于"重写"的原因我已经说过很多遍了,就不再重复了吧。"重写"是通过不断的自我批判和自我否定去接近神圣的完美的过程。它如同是朝圣。每一次完成,我都会有脱胎换骨的感觉,对语言更加热爱,对文学更加崇拜。为什么每次都能够抵达?为什么从来没有一次失败?关于这一点,我自己也百思不得其解。也许正如博尔赫斯所说,所有作品的完美版本其实都是神早就已经写好的。我们的写作不过是对神意的一种揣测,对完美的一种接近。

在发表于《南方人物周刊》的访谈里,您称当年选择出国定居是"为了逃避陈词滥调"。这也许是我听到过的最特别也最文学的出国理由。而我从您最近在国内做活动的一些报道里,看到您又多次在强调反对陈词滥调的重要。为什么反对陈词滥调对文学如此重要?

全部的文学史告诉我们,检查制度和陈词滥调是文学的两个最大敌人。检查制度限制文学行动的自由,陈词滥调侵害文学精神的自由,而自由是文学的生命、文学的灵魂。与简单粗暴的检查制度相比,陈词滥调实际上更加危险,因为它与文学使用的是同一种建材(语言),又经常会穿上文学的外衣、加上情感的粉饰,具有很强的欺骗性。向陈词滥调发起攻击是文学的天职和使命。今天,借助高速发展的通信技术,陈词滥调找到了更为有效的传播渠道。想想自己从早到晚要通过微信和"朋友圈"接收到多少陈词滥调吧,哪怕你远在异国他乡,哪怕你远在天涯海角。面对这样的"社会存在",以反对陈词滥调为天职和使命的文学必须有所行动:将细节还给生活,将从容还给生活,将悠闲还给生活,将敏感还给生活,将眷恋还给生活,将专注还给生活,将质朴还给生活,将本分还给生活,将精神还给生活,将境界还给生活……一句话,将生活还给生活。

但是后来在另外的访谈里,您又说过远离故土并不完全是您个人的选择,"里面其实还深藏着命运的安排"。这"命运的安排"显然直指您的文学状态。您相信您的文学状态是命中注定的吗?

出国定居对我的文学事业具有决定性的作用。十五年过去了……我越来越相信这不是我主动的选择,而是"命运的安排"。没有这安排,"薛忆沩"就肯定不会是我们所知道和所好奇的"薛忆沩"。中国当代文学的版图里也肯定不会徘徊着这样一个对标点符号都一丝不苟的"异类"。是的,每次回想起自己将近三十年的文学道路,尤其是最近这五年来不可思议的"高潮迭起",我会越来越相信"命运的安排"。是无数神奇的力和无数普通的人将我带到了今天的文学状态。我对他们充满了感激。我只能用无条件的勤奋报答他们。我只能用无节制的努力报答他们。

在"全球化"时代,跨文化的交流成为一种世界性的趋势,您认为海外的华文作家在这种交流的过程中应该扮演什么样的角色?他们对促进华人文学的发展又能起到什么样的作用?

生活在海外本来具有许多文化上的优势，但是据我所知，绝大多数的华文作家对这种优势并没有意识，更谈不上去利用和重视。比如在加拿大，收音机仍然是一种重要的传播工具，而加拿大国家广播电台每天都会播出许多顶级的文化节目，谈论书籍、谈论思想、谈论写作、谈论历史……遗憾的是，在这么多年里，我从来没有遇见过哪怕就是偶然听听这些节目的同胞同行，更不要说像我一样着迷的了。他们中的很多人甚至可能都完全不知道这些节目的存在。华文作家要想对跨文化交流做出贡献，首先就应该关心当地的文学状况，参与当地的文学活动，也就是说，要在"文学的祖国"里去寻找新的"在场"感觉。我自己从去年6月以来，通过多次关于"深圳人"系列小说的活动，介入了这种跨文化的交流。在活动过程中，读者不仅与我讨论莎士比亚和乔伊斯，也问我关于深圳、关于汉语、关于翻译等等的问题。那正是赋予启发也充满乐趣的交流。

在促进跨文化交流这一点上，在英语读者中享有盛誉的哈金为海外的华文作家树立了楷模。这次在"深圳人"系列小说出版的前夕，他写下的推荐精准又精彩，对英语读者走近我的作品起到了桥梁的作用。

您已经在中国当代文学里占有特殊又重要的位置，而现在您的作品又开始获得英语世界的赏识，这都是值得自豪的成就。

可是那天我问起您对生命的感受,您的回答却完全出乎我的意料,您说您感觉生命还没有开始。我有点好奇您为什么会有这种感觉。您还在期待着怎样的"开始"?

在生命已经过去一大半的时候,还感觉它没有开始,这的确有点奇怪。但是,这不是玩笑,这是我真实的感觉。可能是因为我对自己的成就并不满意吧。我还有很多事想做,比如我还想写关于许多作家和作品的研究专辑,比如我还想翻译我最欣赏的那两部文学经典……而更重要的是,我还没有创作出最能见证自己的情怀和天赋的文学作品。也许一直要到开始创作这部作品的时候,我才会感觉生命的真正开始。我总是感觉时间不够。我总是感觉自己不会有时间完成想做的这些事情。我总是担心自己的生命还没有开始就已经结束。这也许就是每一个狂热的写作者都经常会有的那种对自己下一部作品的焦虑吧。创造的人生其实就是不断开始的人生。

新的一年开始了,我感觉这对您又会是硕果累累的一年,有什么能够与我们的读者提前分享的成果吗?

首先,关于"深圳人"系列小说英译本的反应还会继续。它很快会波及其他的国家和其他的语种。另外,《空巢》的瑞典文版和《白求恩的孩子们》的英文版都正在翻译之中,都应该会在今年的秋天出版。而在国内,前面提到过的《遗弃》最新版在春节之后就会上市。访谈集《薛忆沩对话薛忆沩》的续集也马上将会进入出版程序。我们的这一次访谈有可能会成为其中的"压轴戏"。

后记:
　　这篇访谈经编辑后的版本发表于美国旧金山出版的双语杂志《红杉林》2017年第1期。

只有虔敬的文学能够带来的神奇

祝贺您的短篇小说集《深圳人》英译本荣获加拿大蒙特利尔"蓝色都市国际文学节"本年度的"多元文化"奖,先谈谈您的获奖感受吧。

我在3月20日文学节组委会正式向媒体公布获奖结果之前一段时间已经知道了自己获奖的消息。当时组委会是想知道我有没有可能参加他们的第一场新闻发布会,因为其他四位获奖的名家都住在加拿大之外,不可能来参加。我的获奖感受很简单,简单得让我自己都觉得有点可笑。十六年前,刚到蒙特利尔的第二天我就在图书馆的门口看到这个文学节的宣传册。从头翻到尾,我没有看到一个中国人的名字(那一年获文学节大奖(相当于终身成就奖)的好像是玛格丽特·阿特伍德)。我当时就想自己将来也许会出现在这个文学节某一年的宣传册里吧。获奖的消息让我马上就意识到这"出现"会是什么规格。我的出版商在祝贺我获奖的邮件里说我应该为自己感到骄傲,但是我更为自己一直都坚持的美学观念和文学实践骄傲，我更为自己一直都敬畏和痴爱的语言骄傲。而更特别的是，在新闻发布会上看到宣传册里那一整版关于自己的内容里有《深圳人》的封面。有多少人能够将自己生活过的城市带到地球另一侧的精神生活里？听到组委会的人在用法语和英语谈论深圳，我也感觉特别神奇。只有虔敬的文学能够带来这样的神奇。

您的"深圳人"系列作品在加拿大经常有评论家将之与乔伊斯的《都柏林人》和贝克特的作品相提并论或横向比较，您怎么看这个奇观？

这种比较其实看到了我个人的文学特质。我们这一代中国作家都在八十年代接受过现代派文学的影响，但是其中的大多数后来"与时俱进"，进到后现代了，还有不少人甚至不知去向了。而我至今都还在固执地坚持着现代派的探索。这样的一种固执在我的每一部作品里都留下了痕迹。我将"深圳人"系列小说的英译本献给"那位给我启迪的爱尔兰人"，我对心理细节的在意，对语言细节的留心等很自然地让西方的评论者去做"深圳人"与"都柏林人"之间的比较，而我作品里大量的留白和大量的荒诞也会让他们想到另一位爱尔兰人。但是，很多评论者都强调我的写作很中国。我的法文译者甚至说，我的每一个细节都与她体验过的深圳完全契合。

您的小说凭借精致的语言把控和细腻的内心体验等特质在英语文学世界获奖,这是否印证了好的文学没有国界?这也是全球化时代中国文学走出去的一个启示。

好的文学就是虔敬的文学:对语言的虔敬、对生活的虔敬、对脆弱的虔敬……好的文学当然是没有国界的。但是注意,既然没有国界,为什么还要"走出去"?中国文学走出去其实是一种错误的提法。好的文学其实就是自由的,就是已经在外的,就是海阔天空的。我自己的写作从开始到现在已经三十年了,从根本上说,它始终执着于个人的生命体验与语言之间的纠缠,几乎没有走动过。以"深圳人"系列小说那篇《小贩》为例,它根植于一个脆弱的中国孩子的一段脆弱的生命体验。它是我在加拿大的文学节上最喜欢朗读的作品。每次朗读都深得读者的认同,哪怕他们根本就不理解小说中的那些很中国的背景,如朝鲜战争等等。不要将《深圳人》的成功当成是"走出去"的标志。它证明的应该是,好的文学会让读者和世界走过来的。

一些评论家把"深圳人"系列小说当成是中国"城市文学"代表作品,您是否认同这一说法?还是这些小说不仅仅是城市文学,还有更丰富的指涉?

我在很多访谈里都提到过了,我反对所有强加在文学之上的标签。我在创作"深圳人"系列小说的十六年里,从来没有想到过我是在写城市。我只知道我是在写人。至于更丰富的指涉,我想起发表在《加拿大文学书评》杂志上的那篇书评。作者在书评的最后一段说,"深圳人"系列小说让读者从人物的内心躁动里看到了中国现代化进程中的"代价",而这"代价"是被整个世界所忽视的。我同意作者的这种看法。我对整个人类的现代化进程都一直保持着很谨慎的态度。这其实也是现代派文学的基本特征。现代派文学就是在对人类现代化进程的怀疑中发展起来的。

阅读您的小说,发现您对个体生命有极大的重视,高扬个体生命是您的小说观之一吗?

对。我从一开始就相信个人是整个文学的根基。这一点,《遗弃》是很好的物证。最近这部作品的最新版本又已经上市了。这给读者们提供了一个重新审查我的文学道路的机会。那部作品以个人为中心展开的全部触角构成了我整个文学的地基。从个人这个根基出发,文学可以去探讨个人与历史的关系、个人与时代的关系、个人与个人的关系等等。正因为这样,文学一定是自由的,也一定是"多样"的。

您的《遗弃》的主体部分是日记体,而《白求恩的孩子们》采用的书信体,形式上具有很强的实验性,您写作时是否把有意识的文本创新放在首要位置?

我写作的形式和内容是密切相关的,是唇齿相依的。我的确好像总是将文本的创新放在首要位置。其实从我的长篇小说《空巢》和《希拉里、密和、我》更可以看出这一点。但是,我之所以这样做是因为内容的要求。没有合适的形式,我的内容根本就不会就范。这很像是男女关系:内容是清高和孤傲的一方,形式必须绞尽脑汁、挖空心思才能够得手。从表面上看,形式是主动的,而事实上,它完全受内容的控制。

昆德拉把人分为小圈子里的人和世界性的人,在全球化时代,您是否在追求成为"世界性的人"或"世界性的作家"?

昆德拉如果还分出一类没有圈子的人就好了。我应该是属于那一类的人。我去年在国内的多场讲座都是围绕着"全球化"时代展开,我去年的长篇小说《希拉里、密和、我》也是对"全球化"时代思考的一种结果。我在那些讲座中反复强调,2016年是人类历史上一个关键性的年份。之所以关键,是因为种种迹象表明,"全球化"时代好像已经走到了它的尽头。现在我们看到世界上的人事实上是分成了两种人,一种是支持"全球化"的人,一种是反对"全球化"的人。这两种人的冲突将会决定未来人类的命运。在这样的时刻,超越这两种人的"世界性的人"和"世界性的作家"当然是特别有益于人类的。我相信所有虔诚的写作者都希望自己的作品有益于人类。

后记:
　　这篇访谈的部分内容以《只有虔敬的文学能够带来这样的神奇》发表于深圳《晶报》2017年3月22日。最初的采访提纲由《晶报》记者欧阳德彬提供。

不要让现实的喧嚣掩盖了文学的精华

您最近在读什么书?如果要向大家推荐,您会怎么说?

我最近在读一本自己的书。准确地说是在核对自己的一本书的英文翻译。将近三个星期了,我每天要工作十多个小时,有时候要工作到凌晨,有时候要凌晨起来工作,完全没有时间过正常的生活。我已经三次从头到尾精读过译稿了。这部作品很快就要出版。大家留意就好了。

您平时喜欢读什么类型的书?为什么喜欢这种类型的书?

我一直都最喜欢读历史书。历史书是关于"必然性"的,与我从事的关于"可能性"的文学创作正好相反。喜欢的理由也许就是它能够在我的精神生活中建立起一种虚实之间的平衡吧。

您的图书信息有哪些来源:新媒体推送书单?朋友介绍?还是在书店的偶遇?

阅读就像是走迷宫一样。我总是从我自己读过的书里面发现自己想读的书。现在,广播节目也是一个重要的来源。加拿大国家广播公司每天都有不少世界级的文化和学术节目,从中可以获得丰富的图书信息。上个星期天,听到刚去世的沃尔科特十一年前在蒙特利尔"蓝色都市文学节"接受的采访。这提醒我马上又从书架上翻出了他的随笔集 *What the Twilights Says*,一部很漂亮的作品。

您读过电子书吗?对电子书持什么态度?

没有。所以就还没有态度。

您会经常买书吗?买书的频率和数量是怎样的?在实体店买,还是在网上买?

我买得最多的是二手书。在蒙特利尔,春秋两季都会有很好的二手书书市,经常能够遇见心仪已久却一直还无缘占为己有的书。它们不仅保存完好,价格又极为便宜,适合我的消费水平。

有藏书的习惯吗?家里大概有多少册书?

我爱书,却没有藏书的习惯。所以也从来没有统计过书的数量。而且我的书分散在不同的城市和不同的国家,想起来会有点伤感。

读书的时候有什么特别嗜好吗?比如听音乐、喝咖啡……

没有。

看完了又不打算留的书,您一般怎么处理?是送给朋友,还是捐出去?

我不刻意藏书,却也从来都舍不得扔书。特别喜欢的书会重复购买,送给朋友或者自己留着。

请分享一本或者几本对您人生影响颇大的书。

对我人生影响很大的书一言难尽。最早影响我的是包括《共产党宣言》在内的革命书籍,现在我读得最多的是《尤利西斯》。

读书的时候您会做眉批和笔记吗?或者会通过其他方式与读者分享读书的体会吗?

我偶然会用铅笔标记一下。如果有更多的想法就会写书评。去年年底读完关于《尤利西斯》坎坷经历的文学史专著 *The Most Dangerous Book*（《最危险的书》），我就写了一篇长达七千字的书评。这部名著的中文版最近也要出来了。我的书评会作为序言收在书中。没有想到自己能与乔伊斯有如此的"奇缘"，我很兴奋。

现在，书籍已经不再是人们获取信息和学习知识的主要途径了。在网络的时代，您认为我们应该如何认识书的功能？

"可能性"是生活的导师和智慧的源泉。对"可能性"有感觉的心灵就可能看到生活的全景。而正如我去年的长篇小说《希拉里、密和、我》中的"王隐士"所说，只有看到了生活的全景，人才会看到生活的意义，才会过有意义的生活。文学作品是展现"可能性"的重要舞台。书作为文学载体的基本功能是不会随着科技的进步而退化的。什么时候中国的书店能够将文学作品摆在入口处，这就是我们对书的功能有了正确认识的标志。

4月23日是一年一度的"世界读书日"，这一天您会参加什么阅读活动吗？或者会用阅读来度过这一天吗？

对我来说，每天都是"读书日"。"4月23日"对我来说只是与莎士比亚相关的日子。不要让现实的喧嚣掩盖了文学的精华。读一段莎士比亚吧,思考一下莎士比亚提出过的那些问题吧,哪怕是最平常的"生存还是毁灭"。这一天就会因此而变成"有意义的一天"。

后记:

  这篇访谈的部分内容发表于 2017 年 4 月 23 日深圳《晶报》。最初的采访提纲由《晶报》记者欧阳德彬提供。

与"非凡的鉴赏力"结缘

你是怎么与华东师范大学出版社结缘的?

2012年春夏之交,上海的三家出版社同时出版了我的五部作品。这成为了当年引起全国关注的一个文化事件。有媒体甚至据此称2012年是中国出版界的"薛忆沩年"。在那五部作品中,我自认为应该最难出版而结果却出版得最为顺利的就是由华师大出版社出版的《与马可·波罗同行——读〈看不见的城市〉》。我听说王焰社长仅仅翻读了三五页原稿就做出了出版这部作品的决定。这决定不仅彻底改变了我个人的命运,也为当代中国文学带来了独特的惊喜和持久的激情。与出版社结缘于非凡的鉴赏力而不是浅薄的功利心,这是一个写作者的幸运。

在同时出版那五部作品之前,听说你表示过"想要有点动静"。这种说法是不是意味着你对自己之前的那些出版有些失望?

那应该不是我的原话,但是,我很可能有过类似的想法。我最初的出版经历的确给我带来过负面的影响和消极的情绪。我的第一本书是出版于1989年春末的《遗弃》。它可以说完全是"生不逢时"这个成语的注脚。而1999年出版的《遗弃》第二版和2006年出版的《流动的房间》虽然都有相当大的"动静",却没有让我看到自己能够靠写作为生的任何希望。只有到《通往天堂的最后那一段路程》单行本出版的时候,我才首次尝到"版税"的滋味。那是2009年,我已经四十五岁。2012年对我来说是一个具有象征意义的年份。我已经"背井离乡"整整十年了。我的身份依然漂浮不定,我的前景依然模糊不清。那五部作品的同时出版打破了我文学命运中的僵局。从此,生产关系不仅能够适应生产力的水平,还开始促进生产力的发展。

从2012年到现在整整五年时间里,你一共在华东师大出版社出版了十一本书。每年两本,连续五年,这"可持续的发展"无疑是中国出版界的一个纪录。许多人都觉得这不可思议。这应该也是你本人"始料不及"的吧。

其实,2013年初,在"深圳人"系列小说集《出租车司机》和"战争"系列小说集《首战告捷》同时出版的过程中,我就已经对这种"可持续性"产生了朦朦胧胧的预期。2014年,长篇小说《空巢》和随笔集《献给孤独的挽歌》的顺利出版让我对这一点有了确信。从此,一种生理现象出现在我的生命之中:每年的初冬,我的创造力会自动抵达峰值,而到了初春,我自然会经历瓜熟蒂落的喜悦。2015年出版了小说集《十二月三十一日》和访谈集《薛忆沩对话薛忆沩》,2016年出版了长篇小说《希拉里、密和、我》和随笔集《伟大的抑郁》,今年《遗弃》的最新版和"深圳人"系列小说的新版《深圳人》继续了这一出版的奇观。

华东师大出版社做了哪些工作让你的书进入媒体和大众的视野?

坦率地说,华东师大出版社并没有为我的书做特别的宣传和推广。他们的功夫主要用在书的实体,也就是编辑和设计等方面。我称这些书是"全部的精装,一色的精品",就是对他们的肯定。高水准的编辑和设计是这些书引起媒体和读者关注的重要原因。当然,出版社对与这些书相关的活动一直都非常支持。王焰社长本人就多次参加我的活动。2012年7月初,意大利使馆文化处在文化处的会议厅为《与马可·波罗同行》做活动的时候,她就亲自带着样书来到现场,还发表了热情的推荐。2014年11月,在深圳"年度十大好书"现场投票之前,她也对《空巢》做了有力的推荐,为我的作品第二次入选"年度十大好书"完成了最后的冲刺。

在华东师大出版社出版的图书得了不少奖,哪个奖是你最看重的?

从2014年到2016年,我连续三次获得华语文学传媒大奖的"年度小说家"提名。这三次提名所依据的都是前一年由华东师大出版社出版的作品。2014年依据的是《首战告捷》,2015年依据的是《空巢》,2016年依据的是《十二月三十一日》。这应该是曾经很受关注的华语文学传媒大奖历史上从来没有过的"巧合"。

还有一个现象也值得中国出版界和文学界思考和研究。"走出去"并不是华东师大出版社出版你的这些作品的原初动机,但是,你的这些作品却正在以强劲的方式走向世界。你自己怎么看待这个现象?

基于《出租车司机》的"深圳人"系列小说的英译本去年在加拿大出版后,引起了很大的关注。它的法文版也马上就要出版。而稍前一点,基于《首战告捷》的"战争"系列小说由英文杂志以整期的篇幅推出,也引起了不少的讨论。还有,《空巢》的瑞典文版这个月也已经在瑞典上市,而瑞典文的下一个译本也将在华东师大出版的作品中产生。《空巢》的英文翻译样本也应约提交给了兰登书屋。在我看来,这个现象就是对前面提到过的那种

"非凡的鉴赏力"的肯定。

和华东师大出版社的编辑交往过程中有什么印象特别深刻的事?

包括王焰社长在内的出版社的所有同事们在每一个环节上都非常尊重我的意见,比如责编会将美编的所有方案都发给我,听取我的意见。这一点令我印象最为深刻。而这种高度合作的工作方式总是导致最佳的结果,《空巢》广为称道的封面设计就是例证。

后记:
这篇访谈的部分内容发表于《新民周刊》2017年第8期。最初的采访提纲由记者河西提供。

"衣锦还乡"的《深圳人》

从去年9月"深圳人"系列小说集英译本 Shenzheners 在加拿大出版到现在整整一年过去了。对于薛忆沩,对于深圳,对于中国文学,这都是激动人心的一年。Shenzheners 不仅受到了加拿大主流媒体的一致好评,引起了读者的热情关注,还在蒙特利尔"蓝色都市文学节"上获奖。同时,小说集的法译本也在积极的准备之中。据悉,Shenzheners 还将在今年的法兰克福书展亮相,而薛忆沩本人也应邀将在11月的蒙特利尔书展上为法译本签名……"深圳人"在国际的舞台上继续创造着文学的惊喜。更有意思的是,这部备受关注的小说集现在更名为《深圳人》"回归"到了母语的世界里。深圳迎来了《深圳人》!利用这个机会,我们再一次对薛忆沩进行了专访。

"深圳人"系列小说集2013年首次出版。当时用《出租车司机》做书名,我以为非常切合。短篇小说《出租车司机》是这个系列中最早完成、最早发表、最为出名,也是唯一写到深圳的作品,它也吻合深圳人"流动"的常态,这些都决定了用它作为书名的某种宿命。现在,它却更名为《深圳人》,为什么?和这部小说集被翻译到西方的经历是否有直接关系?

"深圳人"系列小说集现在重新出版的确与它的译本在加拿大的成功有直接的关系。没有从去年6月以来围绕着译本发生的一系列激动人心的事件,它当然不会有这次"衣锦还乡"的经历。而更名为《深圳人》一方面是对英法译本的正面回应,也是对一个历史遗留问题的最终解决。以《深圳人》命名这一组作品是我创作阶段的"初衷"。而在2013年小说集首次出版的前夕,《深圳人》也是书名最有力的竞争者。记得当时我在中山大学做访问学者,与国内文化界的朋友见面比较多,我也就这个问题征求过不少人的意见。但是,大家的意见并不统一。最后是我自己选择了以《出租车司机》为书名。而在英译本的准备过程中,又是我自己做出了更名为"Shenzheners"(《深圳人》)的决定。

你说这本小说集是"深圳人的文学索引"。可是我读下来为什么感觉它们并不一定是深圳的故事?我感觉它们可能发生在中国的任何一座新兴的城市,其中的一些故事甚至可能发生在世界上的任何一个角落。当然,这并不是问题的关键。问题的关键是你的"深圳"指代什么。回到新的书名,"深圳人"指的是物理意义上的"深圳人",还是文化意义上的"深圳人"?如果是后者,我觉得此次更名影响深远,因为它会将深圳这样一个现代的奇迹带进更广阔的释义空间和更复杂的符号化过程。

我曾经反复强调过"深圳人"系列小说根源于我九十年代的深圳经验,甚至可以说其中所有的人物都有生活中的原型。也就是说,他们或多或少对应着物理意义上的"深圳人"。告诉你一个很有意思的生活细节。去年回深圳的时候不是在《深圳商报》做过一次活动吗?活动之前,我让母亲为我找一个适合装书的提包,想带些书去活动现场。我母亲很快就找到了一个提包。她将提包递给我的时候说:"这是'文盲'送给我的。"当时,我激动得说不出话来。没有想到我母亲对我的艺术和生活的关系了解得这样清楚,更没有想到我母亲居然会存有我的人物留下的物理的痕迹。但是,这些物理意义上的"深圳人"是经过了极其复杂、极为神秘又极具个性的美学提炼才成为我作品中的那些文化意义上的"深圳人"的。你的感觉并没有错。它们可能发生在任何地方,正如乔伊斯的《都柏林人》可能适合爱尔兰的许多城市,甚至整个欧洲的许多城市一样。一种特定和个人的生活经验如何能够升华为一部具有普世价值的文学作品是非常有趣的话题。当这种生活经验碰巧是深圳经验的时候,这种升华当然就是深圳的奇迹的一个组成部分。《深圳人》这一年来在地球表面上的行走轨迹的确丰富了"深圳"这个专有名词的文化意义,为它打开了一个更为复杂的符号化过程。

你在《薛忆沩采访薛忆沩》一文中用一种逆向的思维表述你与深圳的关系:"谁都知道深圳是一座时尚又浮躁的城市,对我来说,这不是坏处,而是好处。一座这样的城市不需要写小说的人,所以我不会受到太多打扰……"事实上,你和深圳的关系更可以用正向的思维来呈现:深圳是你第二次文学生命的摇篮。你1987年就第一次来到深圳,九十年代又在深圳定居,后来虽然你像你的大多数人物一样选择了离开,那却只是物理意义上的离开,在文化意义上,你与深圳的关系实际上更为密切。在许多人看来,你仍然是深圳的作家,而且是在全国,现在更是在国际上"代表"深圳的文学水准的作家。我想问的是,深圳究竟在你生命中烙下过什么样的印记?这么多年过去了,深圳在你生命中的位置是否发生了变化?或者说你对深圳是否有了新的认知?

《深圳人》这部作品就是深圳在我生命中留下的最深的烙印。直到现在,我还会经常去想象作品中那些人物的原型此刻的生活状态。每次回深圳,我也都会去其中大多数人物原型生活过也许还正生活着的罗湖区看看。最近一次回深圳是在6月底。有一天晚上,我特意从深南东路与东门路的交界处,也就是整整二十年前短篇小说《出租车司机》"显灵"的地方,沿深南东路走回到了我原来居住的"黄贝岭辖区"一带。那是我九十年代差不多每天都要走的路。那也是我的许多人物原型经常都要走的路。《深圳人》里的每一篇作品都透着浓浓的忧伤和深深的迷惘。这既是人性的标记,也是丰富的内心生活的痕迹。许多人都有一种错觉,觉得深圳只是一座拥有繁荣物质生活的城市或者只是一个经济的奇迹,而在我看来,深圳也有丰富的内心生活,也可能通过合适的提炼转变成为美学的成就。这也许就是《深圳人》试图完成的"转变"。当代的文学很少去关心"小贩"和"文盲",更不会去关心"小贩"和"文盲"的内心世界,《深圳人》却对他们倾注了强烈的激情和悲悯。这种对精神的激情和对生命的悲悯是我全部写作的核心,也是这部作品的特点。

不管深圳如何变化,我观察它的方式都不会改变。我始终都会盯住"卑微的生命",我始终都会聚焦"内心的世界"。我这次在深圳、广州、北京和上海的所有活动中都提到过我在抵达深圳的当天从机场乘地铁回家的路上看到的一幕:一位母亲刚一坐下就打开手里的小说,为她双目失明的女儿朗读起来。她是那样地投入又那样地自信,而初中生模样的女孩依偎在母亲的肩膀上听着,她是那样地专注又是那样地享受。她们会因为一个词或者一个细节停下来,简单地交换一下自己的感受,接着再继续朗读,继续倾听⋯⋯这就是我看到的深圳。很多人会因为深证指数的动荡而神魂颠倒,我不会。令我激动的是生活中意味深长的细节。我这次回国的最后一场活动是在上海的大众书局做的。我与读者分享了这一段深圳经验之后说,我又有了再写一部"深圳人"系列小说的冲动。

你说过在小说集中,你最偏爱的是《小贩》,为什么?你曾经说过,这是一篇"用33年时间写成的作品",你的偏爱与这种时间的沉积有什么关系吗?

最近一篇关于《深圳人》的书评是这样开始的:"1977年,13岁的薛忆沩在自己就读的长沙市第21中学的门口第一次看到了那个戴瓜皮帽的小贩。紧接着,那一伙差生羞辱小贩的细节更是震撼了薛忆沩敏感的内心,成为他将携带一生的创伤性记忆。33年后,已经移居蒙特利尔8年的薛忆沩完成了题为《小贩》的短篇小说。这篇幅很小而景深却很大的作品将整个'深圳人'系列小说发源的时间提前了整整20年,发源的地点推远了将近800公里。"我很喜欢这个有点古怪的开始。但是它包含着丰富的信息量,应该足以回答你的问题了。我偏爱《小贩》的原因有很多。其中最重要的一点就是它再现了我至今已经携带了整整四十年的"创伤性记忆"。毫无疑问,时间的沉积是一个重要的因素。

《神童》触及对青少年的性侵,是读来令我最震撼的一篇。这个故事有人物的原型吗?或者最初是什么触动了你,要写一个这样的故事?

四年前,在深圳的一次活动中,我朗读了《神童》中关于"天使"的那一部分。读完之后,就有读者激动地站起来爆料自己少年时代对邻居家的那位姐姐的性幻想,感谢我写出了他的内心历程。而我认识的人里面有好几位都在少年时代有过被陌生的"魔鬼"接近的经历。他们也许都可以算是这篇作品的"原型"。其实,这篇小说的关键并不是"性侵",而是儿童世界与成人世界之间的冲突。中国绝大多数的家长都按照社会的标准来衡量和要求自己的孩子,结果往往是适得其反。还有一点就是儿童在成长过程中会经历许多的"秘密",其中的一些"秘密"足以成为"创伤性的记忆",就像我在中学门口看到欺凌小贩的场面一样。这也是为绝大多数的家长所忽略的,尽管所有的家长在自己的成长过程中也都经历过形形色色的"秘密"。当然,这篇作品也有意瞄准中国社会畸形的"神童崇拜"。说到这里,我想起了八十年代的时候中国社会追捧的那些少年大学生。他们中间的大多数人后来都销声匿迹了。他们也许就是这篇作品的原型。

《"村姑"》是《深圳人》里最特别的一篇。它用一种"他者"的眼光来看深圳。读这篇小说,我总有一种奇怪的感觉,仿佛其中的某些场景是 Shenzheners 在加拿大出版之后才发生的故事。不知你如何看待我的这种感觉?

这不是奇怪的感觉,这是神奇的感觉。就像在前面那个问题里谈到过的一样,我的许多原型是在"未来"出现的。自从英译本在加拿大出版之后,我的读者里的确出现了两位类似的"村姑"。我不是经常说生活来源于艺术吗？这就是一个证据。我在加拿大的活动中朗读得最多的就是《"村姑"》。它引起了加拿大读者很大的兴趣。这里的原因可能很多：它的主人公是加拿大人,它的一大部分故事发生在加拿大,它里面谈到的话题（如语言和翻译等等)也都对加拿大这个双语国家的读者有特殊的吸引力。最近发生的一件事也可以证明你感觉的神奇。一位麦吉尔大学的教授以主持人的身份邀请我去参加下个星期由这里的"中加电影节"组织的一个讨论会。讨论会的主题居然是"跨文化交流中的'个人'因素及意义：从白求恩到大山"。看到这个题目,我就和你有同样的感觉。这不就是"村姑"在小说的最后所暴露的问题吗？也许就是因为这个题目,我接受了邀请。这位教授问我想在讨论会上谈什么。我告诉他,我朗读一下《村姑》的最后一段就非常切题了。

英文版《深圳人》只保留了"深圳人"系列小说集中的九篇作品,事实上也就只是"节译本"。《同居者》、《女秘书》、《文盲》这三篇为什么被拿掉？有报道说即将出版的法文版对原作的风格有更好地呈现,能否介绍一下英文版和法文版的差异？

在英文版翻译之前,出版商给了我一个字数的限制。根据那个限制,我将那三篇作品排除在外。在翻译的后期,因为意识到《女秘书》与其中的一些作品有密切的联系(如它里面出现了要去寻找妻子和女儿的"出租车司机",还有"女秘书"的父亲是一位参加过"抗美援朝"的战地记者,这又与《小贩》发生了联系),我很想将它加进来。但是,出版的进度已经不允许这样的改变了。法文版弥补了这个缺陷,收进了《女秘书》。这也许是两个版本最大的不同。还有,英文版因为要让比较吸引眼球的《"村姑"》首先出场,打乱了原版中作品的编排次序,而法文版恢复了原作始于"母亲"终于"父亲"的结构。对我来说,这是一个有象征意味的结构。还有,英文版为了迁就英语读者的阅读习惯将我一些较长的段落进行了重新分段,而法文版的翻译者和出版商都不认为较长的段落会有碍法语读者的阅读,完全尊重原作的段落安排。事实上,我的段落安排具有强烈的风格特征和文体意义,对理解作品具有重大的意义。从这一点上,我猜想法文版会更让《深圳人》获得同行的赏识。

....

后记:
  这篇访谈以《"我有再写一部〈深圳人〉的冲动"》为题发表于《深圳商报》2017年9月17日。最初的采访提纲由记者刘悠扬提供。

中国文学的节日

《深圳人》法文版于 11 月 8 日在加拿大法语区正式上市。从那天开始,加拿大法语区内所有的法语书店都将它摆放在入口处最显眼的柜台上,与中国读者熟悉的略萨、库切和帕慕克等大师最新译成法语的作品为邻。加拿大最大的法语报纸也给了它最高的"四星"评分。与此同时,英语《蒙特利尔书评》的最新一期(2017 年秋季号)也以您为封面人物做专题报道。在这座您已经居住了将近十六年的异域城市里,英法两种语言同时为当代中国文学护驾,这应该是前所未有的盛况吧?

蒙特利尔是加拿大两座最具国际地位的文化重镇之一,而作为法语区的第一大城市,它在历史和气质上都比另一座重镇多伦多更接近欧洲,也就更具国际色彩。作为世界上最大的英法双语城市,蒙特利尔长期受两种主要西方语言之间文化差异和冲突的困扰。英法两种语言的文学界基本上是各自为政。而当代中国文学在这里不要说没有地位,甚至都几乎没有痕迹,两种主要语言同时为它护驾的盛况更是前所未有。去年《深圳人》

英文版出版之后引起了不小的阅读兴趣,也创下了不错的销售业绩,但是,英文版本身却并没有在实体书店里占据过显著的位置,法文版上市以来受到的礼遇应该可以说是当代中国文学在加拿大的一种突破。而《蒙特利尔书评》每一期都会选择一位在加拿大全国引起关注的当地英语作家做封面人物,这一期它却打破二十年的惯例,让一位非英语作家的形象在封面上出现。这也可以说是当代中国文学在这里的一次突破。这两个星期来,我每天都会去书店,从《深圳人》面前走过。我每天都有与中国文学一起过节的感觉。

我们的读者都不清楚《蒙特利尔书评》的情况,您能简单地介绍一下吗?还有,它的专题是从什么角度切入您的文学世界的呢?

《蒙特利尔书评》不是像《伦敦书评》、《泰晤士文学增刊》或者《洛杉矶书评》那样的国际名牌,国内的读者当然不会清楚它的情况。我自己也是在蒙特利尔生活了很多年之后才注意到它的存在的。它是一份由魁北克的英语作家和出版家协会负责编辑,旨在推介当地英语作家和作品(现在扩充到翻译作品)的书评,每年分春夏秋三期出版,每一期有20个8开的页面(这一期因为是创刊20年的专辑,增加到24个页面),每一期的印数是4万份。它面向加拿大全国发行,在加拿大全国主要的大学书店和重要的公立图书馆都设有发行点(在大蒙特利尔区内的发行点就多达近50个),供读者免费取阅。关于我的专题是围绕着刚刚上市的长篇小说《白求恩的孩子们》的英文版展开的。历史与现实以及生活与虚构之间的关系是采访的重点。而这部作品写作过程中反复出现的"超现实"的经验最后成为专题文章的主线。每一期用三个月(春季号甚至有六个月)的时间编辑和出版,书评的质量自然有可靠的保证。也是因为编辑和出版周期比较长吧,编辑部对新一期的上市都非常重视,会在一个著名的书店为它举办一场发布会。发布会的主要节目就是邀请当期被评论到的三位作家朗读自己的作品。去年夏季号的发布会上,作为获得好评的《深圳人》英文版的原作者,我第一次被邀请上台朗读。这一期的发布会于11月6日晚(也就是法语版上市的前夕)举行。作为当期的封面人物,我的朗读被安排为发布会的压轴戏。

您于2002年初移居加拿大,但是直到去年夏天《深圳人》英文版出版之前,您都只是"隐居在蒙特利尔皇家山下的中国文学秘密"。是《深圳人》的英文版让您开始显露真身。而现在,随着《深圳人》法文版受到的欢迎以及《白求恩的孩子们》引起的关注,您在加拿大文学界的地位应该更加稳固。我好奇您现在会怎样看待自己的身份:您觉得自己更像是一位中国作家,还是一位国际作家?

在全球化和大数据的时代,"身份"问题一方面变得越来越需要回答,另一方面却又变得越来越难以回答了。很多年以前,《作家》杂志的宗仁发主编就曾经称我是中国仅有的两位"无法归类"的作家之一。后来,深圳的报纸又干脆给我贴上了那个著名的"异类"标签。还有,黄子平教授曾经注意到一个奇怪的现象,我在国外生活很多年之后,评论家仍然没有将我划入"海外作家"的另册。从这些事情可以看出,"身份"问题一直在困扰着我。在我自己看来,我从来都是正宗的中国作家,也永远都是正宗的中国作家。这不仅因为我出生于中国,成长于中国,以及坚持用母语写作……更重要的,还因为我全部的中国经验都与我精神深处的敏感和悲悯纠缠在一起,或者说我与中国的关系从本质上就是一种文学的关系。这种关系不会因为我开始受到国际的关注或者我已经没有在本土生活等等表层的因素影响。当然,我的文学身份肯定是一个有争议的问题,就像它从来就是一个有争议的问题一样,因为大家对一些基本概念的理解可能从根本上就有冲突。还是多写些作品吧。还是少谈点主义吧。好作品才是好作者的真实的身份。

您在西方国家生活,每天都面对着多元的族群,体验着不同的文化……这种生活对您的文学创作有怎样的影响?

我在1992年第一次去欧洲旅行,那一年我二十八岁。那也是我第一次走出国门。在我的印象中,托尔斯泰也是在二十八岁那一年第一次游历欧洲和第一次走出国门的。在那个时候,尽管我只是一个匆匆的过客,西方生活"单纯而不单调"的性质就已经给我留下了强烈的印象。真正定居下来之后,我对这种"单纯而不单调"的生活就有了更具体的体验。"单纯"的生活既能让人对事业专注,又能让人对生命谦卑。而专注和谦卑是保证文学质量的充分必要条件。同样,"不单调"的生活不仅能够丰富人的鉴赏力,还能够激发人的想象力,对作为文学天敌的"陈词滥调"也能够起到防范的作用。我最近六年来有点不可思议的"爆发"显然与所在地的生活状况有很大的关系。

以您的国际视野,您觉得目前中国文学和西方文学之间存在着哪些差距?

鲁迅先生当年在《中国小说史略》一开始就注意到了"实际"的生活态度对艺术发展的阻碍作用。与西方文学相比,当代中国文学理想主义的色彩比较淡;与西方作家相比,当代中国作家世俗的趣味比较多、世俗的野心比较大。这也许就是一种差距吧。还有一种与"实际"的生活态度密切相关的,就是"等级观念"。我感觉中国社会里存在着太多的等级,文学界也不例外。这种人为设定的等级很容易让文学创作的环境变得既不单纯又很单调,让文学这种本应该充满理想主义情怀的事业充满了功利的气息。

中国古典文学在西方有审美的优势吗？

全世界的"古典"都在失去优势。在英美各级的文学教学大纲里，莎士比亚都已经差不多没有容身之地了，更不要说希腊神话和罗马史诗。这既是文明的悲剧，又是历史的趋势。这也许并不是坏事。记得对美国文化持开放态度的英国作家马丁·艾米斯曾经这样比较英美两国对"经典"的不同态度，他说，在美国作家的心目中，"最伟大的美国小说"不是某一部被某一位最伟大的作家早已经写成的作品，而是自己挽起袖子，正准备写的"这部"作品。也许正是因为这样，美国文学里才会不断有大师出现，而且用英语写作的中国作家也能够获得很高的声誉。中国是一个有着深厚文学传统的国家。但是，过度地厚古薄今肯定不是积极的文化态度。在不久前的一次活动上，一位在蒙特利尔当地有丰富汉语教学经验的老师走近我，说她近年来用"深圳人"系列小说中的作品做教材，英法两裔的学生都很感兴趣，取得了很好的效果。这个细节说明当代的作品在文化传播的过程中可能发挥特殊的作用。我自己是崇拜"古典"和"经典"的，但是我同时对当代的作品也怀有强烈的兴趣。

去年出版的《深圳人》英文版获得了可喜的反响，现在，法文版又成为加拿大法语世界的热点。而在今年夏天,"深圳人"系列作品也"衣锦还乡",改以《深圳人》为名在国内重新出版。也就是说,我们现在也有了《深圳人》的中文版。这三个语种的版本到底是什么关系?

这三个版本的关系说起来还真有点复杂。《深圳人》的英文版是译自中文原版的,但是,它不仅没有包括其中《文盲》、《同居者》和《女秘书》三篇,在翻译其中那些篇目的时候,也做了一些改动,包括改变了具有明显文体特征的分段方式。我对这种改变一直持保留态度。还有,英文版也打乱了中文原版篇目的编排次序。法文版是在英文版的基础上翻译出来的。但是,它增译了《女秘书》一篇,又完全恢复了中文原版的文体特征以及篇目的编排次序。它在风格上比英文版更接近中文原版。不仅如此,在与法文版译者切磋翻译细节的时候,我发现了中文原版《母亲》的问题,对它做了三处细微却又关键的修改。因此,《深圳人》的中文版又可以说是受到了法文版的影响。

"深圳人"系列作品淡化城市的外表,凸显居民的内心。对于《深圳人》的法语读者来说,深圳"人"内心细腻的颤动与深圳这座城市奇迹般的崛起,哪个更具有吸引力?

"文学是人学",这是关于文学与人的关系的金科玉律。"除了人,城市还有什么呢?"这是关于城市与人的关系的至理名言。《深圳人》吸引法语读者的地方就是因为它面对卑微的生命,就是因为它关注细腻的内心。从读者的反应和书评的赞誉都可以清楚地知道这一点。这正是《深圳人》的成功令我深感安慰的地方。长期以来,中国的文学在西方只是被当成历史学、社会学或者政治学的辅助材料。毫无疑问,这种状况正在改变。

后记:

  这篇访谈的部分内容以《好作品才是好作家的真实身份》为题发表于深圳《晶报》2017年11月25日。最初的采访提纲由记者伍岭提供。